Allen
seelenverwandten Herzen
in verständnisvoller Liebe
gewidmet.

Über die Autorin …

Während meiner kunsttherapeutischen Ausbildung entstanden nicht nur die beiden auf dem Buchumschlag abgebildeten Masken, sondern auch die Idee zum vorliegenden Roman. Nach und nach nahm die Geschichte dann Gestalt an. Dabei inspirierte mich eine seelenverwandte Frau, die nichts davon ahnte, dass sie auf mich motivierend und animierend wirkte, in der ich mich aber in vielen Belangen wiederzuerkennen glaubte. Dafür bin ich ihr sehr verbunden.

Danksagung …

Gerne bedanke ich mich auch bei meinem Mann und meinen beiden Kindern, die mich in meiner «verrückten, kreativen Art» gewähren lassen. Ohne ihre wohlwollende Haltung meinen literarischen Bemühungen gegenüber wäre dieser Roman wahrscheinlich nie zustande gekommen. Ihnen ist das vorliegende Werk in Liebe gewidmet.

Regina Böhringer Kunz

Familienbande reissen nicht

Roman

FSC
www.fsc.org
MIX
Papier aus ver-
antwortungsvollen
Quellen
Paper from
responsible sources
FSC® C105338

Impressum
Bibliografische Information der Nationalbibliothek:
Die Deutsche Nationalbibliothek verzeichnet diese
Publikation in der Deutschen Nationalbibliografie;
detaillierte bibliografische Daten sind im Internet
über dnb.dnb.de abrufbar.

© 2021 Regina Böhringer Kunz
Herstellung und Verlag:
BoD – Books on Demand, Norderstedt
Layout /Cover: Permanum GmbH, Dielsdorf
Lektorat: Roswitha Sauer, Dortmund
Foto Titelbild: Foto-Birs, Aesch
ISBN: 9783754372258

1

Wenn sich die Zeit erhellt, gehst du deinen Weg. Du pflügst Furchen in deine Lebensabschnitte, gibst dich gelassen, doch in Tat und Wahrheit lässt du die Ereignisse über dich ergehen. Du überlässt dich anderen, anstelle selbst die Zügel in die Hände zu nehmen. Wo bist du, weisser Stern oder lichtes Glück, um den Weg aufzuzeigen? Angeschlagen durch schlechte Erfahrungen, die dich am Boden zu zerstören drohen. Lebe deinen Traum! Aber kennst du ihn? Wer definiert ihn dir? Täglich verändert er sich. Es braucht Jahre, ja Jahrzehnte, um einigermassen herauszuspüren, welche Schattenspuren dein Traum wirft, die einerseits zurückstrahlen, dir aber andererseits auch den Weg weisen. Und sogar dann bist du dir noch nicht sicher, ob du der richtigen Lebensspur folgst. Ich bin nun 46 Jahre alt. Nicht mehr jung, aber auch noch nicht betagt. Immer noch steht die Möglichkeit vor mir, meinem Leben eine neue sinnstiftende Wendung zu verleihen. Aber dafür wird mir viel abverlangt, von dem ich im Moment nicht weiss, ob ich es zu geben gewillt bin.

Die Frau, die mir hier offenbarte, dass ihr in meiner Gegenwart mehr Fehler als üblich unterlaufen, war mit mir auf komplizierte und ungünstige Weise verbunden. Doch ahnte sie nichts davon. Mir selbst wurde der Sachverhalt auch erst kürzlich bewusst. Wie? Das ist eine lange und komplizierte Geschichte. Meine Worte sind ein Versuch, Erklärungen abzugeben und Zeugnis davon abzulegen, sofern es denn überhaupt möglich ist ...

Jasmine, ein Leben lang sollte mich also diese Frau verfolgen: Jasmine, die mir den geliebten Mann wegschnappte; Jasmine, die eine glückliche Familie gründen durfte – zumindest sah es anfänglich so aus; Jasmine, der ich in einer hochangesehenen Firma wieder begegnete, in der sie eine leitende Funktion ausübte, ich jedoch im schummrigen Lager des Kellergeschosses Pakete verpacken musste. Wie gross war meine Überraschung, ja Bestürzung, als ich sie einmal zufällig auf ihrem bequemen Bürostuhl sitzen sah, wo sie mit flinken Fingern und gepflegten, lackierten Fingernägeln Daten eintippte. Stellte sich ein Schock bei mir ein? Nicht wirklich. Eher eine Bestürzung. Alle Erinnerungen keimten hoch, Gedankenstücke, Erlebnisse, die irgendwo tief in der Versenkung ruhten und dort ein einsames Leben fristeten. André! Mit ihm begann

alles. Nein, eigentlich ist das nicht korrekt. Meine Ge-
schichte mit Jasmine begann bereits in der Grundschu-
le – zumindest dachte ich es damals. Dass wir schon
vorher eine gemeinsame Vergangenheit hatten, wusste
ich nicht. Wie auch? Ich lebte in einfachen Verhältnis-
sen, mein Vater konnte sich mit seinen Gelegenheits-
jobs einigermassen über Wasser halten. Wenn er Lohn
erhielt, gab er meiner Mutter einen kleinen Teil davon
ab, mit dem sie die notwendigen Rechnungen und un-
ser Essen für ein paar Tage sicherstellen konnte, den
Rest verprasste er mit seinen Kumpels in einschlägi-
gen Lokalitäten. Manchmal erwachte ich nachts, wenn
er betrunken nach Hause kam und mit meiner Mutter
herumstritt. Manchmal hörte ich Schläge und Schreie,
aber ich tat so, als ob ich schlief, bis auch diese Stra-
tegie nicht mehr nutzte. Geld für Kleider hatten wir
kaum, aber das fand ich nicht so schlimm. Viel ein-
schneidender war die Tatsache, dass ich kaum Freun-
dinnen hatte. Wie auch? Ich hätte mich geschämt,
Mädchen zu mir nach Hause einzuladen. Da war es
einfacher, als Einzelgängerin zu leben.

Das Lernen in der Schule fiel mir schwer. Ich lebte
in meiner eigenen Welt, schien oft abwesend. Wenn ich
aufgerufen wurde, nahm ein schockartiges Gefühl von

mir Besitz, ich war blockiert und stammelte nur noch vor mich hin. Dementsprechend waren die Reaktionen der anderen. Sie lachten mich nicht offensichtlich aus, aber an ihren schadenfreudigen Gesichtern konnte ich erahnen, was für eine tolle Vorstellung ich in ihren Augen wieder abgeliefert hatte. Ich schämte mich, fühlte mich wertlos und ungeliebt. Aber dann begann ich etwas zu ändern: Ich verschaffte mir auf besondere Weise Respekt. In der Pause schlug ich dem Jungen, der an mir vorbeischlenderte und mich dabei ein wenig arrogant belächelte, einen Fausthieb in den Bauch, gefolgt von einem Fusskick ans Wadenbein. Es muss höllisch weh getan haben, denn er jaulte ziemlich laut auf. Er schleuderte mir einen wütenden Blick entgegen und es schien, als ob er gleich unkontrolliert auf mich losprügeln würde. Doch dann besann er sich eines Besseren und zog eilends von dannen.

Seit jenem Erlebnis genoss ich einen gewissen Respekt in der Schule. Es geschah nun seltener, dass ich während des Unterrichts ausgelacht wurde. Dafür aber fühlten sich einige Jungs in der Pause animiert, mich körperlich herauszufordern. So kam es, dass ich einen grossen Teil der Pausen prügelnd mit dem anderen Geschlecht verbrachte. Diese Situation entsprach der von zu Hause, wo körperliche und seelische Gewalt für mich zum Alltag gehörten.

Mein Kontakt mit dem männlichen Geschlecht beschränkte sich auf Schläge und Schmerzen. Es ging um Siege oder Niederlagen. Etwas anderes kam nicht in Frage. Meinen Eltern blieben meine Schrammen und Schürfungen nicht verborgen – ich sah es an ihren Blicken; aber sie verloren kein Wort darüber. In einer Welt voller Gewalt und Aggressionen bot ihnen mein Anblick nichts Neues.

Ich kann nicht behaupten, dass ich gerne zur Schule ging. Aber immerhin hatte ich nun zu einem gewissen Grad während des Unterrichts meine Ruhe, auch wenn ich nach wie vor nicht viel zum Lerngeschehen beitragen konnte. Manchmal habe ich mir mehr Entspannung gewünscht, manchmal waren mir die Auseinandersetzungen in den Pausen lästig. Aber ich nahm sie hin, so wie man eine unliebsame, notwendige Tätigkeit akzeptiert. Manchmal machte es mich stolz, dass ich mit den stärksten Jungen kämpferisch mithalten konnte. Bei den Mädchen hatte ich nun einen besonderen Rang inne: Ich gehörte nicht wirklich zu ihnen, aber dennoch bewunderten sie mich irgendwie. Gab es Stress mit einem Jungen, reichte es aus, ihm mit meiner Anwesenheit zu drohen, um ihn in seine Schranken zu weisen. Leider reichte mein neuer Status nicht aus, um Freundschaften zu schliessen; dafür war ich ausserhalb des Schulgeschehens zu wenig interessant. Zudem hatte ich pa-

nische Angst, jemanden zu mir nach Hause einzuladen. Aber nichtsdestotrotz war ich mit der Entwicklung an meiner Schule und meinem neuen Status zufrieden. Bis Jasmine auftauchte.

3

«Du bist eine Kandidatin für einen Herzinfarkt!» Was mir da eine Kollegin mit einem schalkhaften, vielleicht auch besorgten Ausdruck mitteilte, war eigentlich als Scherz gedacht. Doch mehr verblüffte mich meine Reaktion, die wie aus der Pistole geschossen kam: «Das habe ich schon lange durch!» Diese direkte Antwort war impulsiv, unüberlegt und aus einem Bauchgefühl heraus. Ihre erstaunten Augen verlangten eine Antwort. Da kam es mir gelegen, dass Heintzelmann mit grossem Getöse in den Aufenthaltsraum stürmte: «Na, Mädels, eine Auffrischung gefällig?» Er balancierte eine Sektflasche und ein paar Gläser auf einem Tablett, das er galant in die Tischmitte legte. Mein Ausspruch war vergessen, ebenfalls der erwartungsvolle Blick meiner Arbeitskollegin. Ich musste in Zukunft vorsichtiger mit solchen Äusserungen sein. Wie konnte sie auch vermuten, dass bei der erfolgreichen Product-Managerin, die es in ihrem Job sehr weit gebracht hatte, nicht alles bilderbuchmässig ablief? Wie konnte sie nur erahnen, dass mein Leben an einem losen Faden hing, den ich beinahe selbst zum Reissen gebracht hatte? Nichts davon durfte jemals an die Öffentlichkeit treten. In den Augen der Firmenmitarbeiterinnen war ich eine beneidenswerte, erfolgreiche, intelligente, attraktive Frau, die zu einem fürsorglichen

Mann und einem hübschen Sohn gehörte. Zudem durfte ich in einem grosszügigen Eigenheim wohnen, musste also rundherum zufrieden sein: mit meiner kleinen Familie, meinem Beruf, meinem Reichtum. Aber das war nur die eine Seite der Medaille. Das wussten nur ein paar Eingeweihte. Auch Heintzelmann, das Sprachrohr der Firma, mit dem ich sogar kurze Zeit einmal liiert gewesen war (nur ein paar Stunden!), kannte nur vage mein zartes Gefühlskleid. Es war erstaunlich, dass ich im Zusammenhang mit dem Bürochef eine Art von vergangener Liaison empfand ...

Von Kindheit an hatte ich gelernt, keine negativen Emotionen zu zeigen, zu funktionieren und ausgezeichnete Leistungen zu erbringen. Das zählte in meiner Familie. Mein Vater, ein erfolgreicher Anwalt, hatte mir diese Einstellung täglich vermittelt. Wenn er sich für mich interessierte, dann vor allem für meine schulischen und später universitären Erfolge. Alles andere war unwichtig. Meine Mutter konnte diesem Leistungsdruck nichts entgegenstellen; sie litt zeitlebens unter Minderwertigkeitskomplexen. Ein Wunder, dass mein Vater sie geehelicht hatte, da sie doch nur über einen einfachen Lehrabschluss verfügte; vermutlich gingen seine Hormone einmal mit ihm durch. Einmal in fünf Jahrzehnten!

Natürlich verdanke ich meinen Eltern viel. Sie förderten mich, wo sie nur konnten. Sie erlaubten mir das

Geigenspiel und liessen mich mit einem höflichen Lächeln Ballett tanzen. Allerdings nur deshalb, weil mein Vater der Ansicht war, die künstlerische, respektive musische Auseinandersetzung würde mein intellektuelles Potential fördern und erweitern. Denn als ich später tatsächlich eine Berufsausbildung als Musikerin in Erwägung zog, lachte mich mein Vater geradeheraus aus. Noch heute sehe ich seinen belustigten, vorwurfsvollen Blick: «Dafür habe ich also all die teuren Stunden bezahlt, damit du mir schliesslich diese Freude bereitest!» Wie schämte ich mich. Meine Mutter glänzte wieder einmal durch verbale Abwesenheit. Wie sehr wünschte ich mir, dass sie sich einmal für mich einsetzte. Von diesem Tag an war das Thema der Musikerausbildung vom Tisch. Nach der Matura schrieb ich mich in der Wirtschaftlichen Fakultät der Universität ein – nur um den Anforderungen meines Vaters zu genügen. Dabei hatte ich in den Augen des Familienoberhauptes die Wahl zwischen Jurisprudenz und Ökonomie – soviel war mir nach der Absage meiner musikalischen Wünsche bereits klar. Also tat ich brav, was mein Vater von mir verlangte: Ich funktionierte, wie es sich für eine gehorsame, nette Tochter gehörte.

4

Als ich in das Haus trat, die schmutzige Tür aufstiess, stieg mir ein säuerlicher Geruch entgegen. Urplötzlich knallten mir die gesamten Erlebnisse der zwei Jahrzehnte entgegen, die ich in diesem Haus verbracht hatte – in der Wucht einer dicken Maske, die sich über mein Gesicht legte. Kaum konnte ich noch atmen, mein Hals wurde trocken. Wo war meine Stimme? Verdammt nochmal, ich wollte doch dieses Haus nie mehr betreten! Und nun war ich da, fühlte mich wieder als kleines verängstigtes Kind, das irgendwo Unterschlupf suchte, obwohl es sich doch eine Traumwelt hätte aufbauen können, wo es vor den bösen Dämonen geschützt wäre.

Meine Mutter sass vornüber gebeugt am Küchentisch. Weinte sie? Als sie mich sah, huschte ein Lächeln über ihre Lippen. Aber sie sagte nichts. Nur ihre Augen hellten sich für einen kurzen Moment auf. Endlich, meinen Kloss im Hals herunterwürgend, stiess ich undeutliche, krächzende Laute hervor: «Hallo, Mama.» Mehr nicht. Sie schwieg noch immer. Ihr Kopf nickte leicht. Sie starrte mich nur aus Augen an, die sich nun wieder in ein unheimliches Dunkel verwandelt hatten. Ich stand wieder als kleines Kind da, ahnte, dass ich etwas Böses getan hatte, und wartete auf die unheilvolle Bestrafung. Nichts geschah. Also überwand ich meine Untätigkeit und zeigte auf das Schlafzimmer. «Ist er da?» Meine Stimme klang unsicher, gedämpft. Meine Mutter nickte nur. Kein Wort hatte sie bis jetzt gesprochen.

Langsam schlurfte ich ins Schlafzimmer. Als ich mich über die Schwelle kämpfte, spürte ich einen dumpfen Druck auf dem Herzen, so als läge eine gewaltige Last darauf. Ich zog meinen nun bleischweren Körper ans Bett meines Vaters, blieb jedoch aufrecht in einer verkrampften Position vor ihm stehen.

Da lag er. Ich erschrak. Mager war er geworden. Kaum noch hatte er Haare auf dem Kopf. Die Augen waren leicht geöffnet. War er wach, schlief er? Er musste mich wahrgenommen haben, denn seine Hand bewegte sich schwerfällig in meine Richtung. Ich spürte seine dicken, rauen Finger. Ein Unbehagen durchströmte meinen Körper. Ich glaubte, ohnmächtig zu werden. Mein Körper begann zu schmerzen. Waren das Schläge, Stösse von früher? Ich wollte schreien: «Vater, hör auf, du tust mir weh!», blieb jedoch stumm. Meine Stimmbänder versagten, brachten keinen Ton hervor. Jetzt hatten seine zitternden Finger meine Hände erreicht und drückten sie schwach. «Danke, Beatrice, dass du gekommen bist. Danke!» Die Worte waren kaum verständlich, kaum hörbar, der Atem war laut, keuchend. Es muss ihn viel Anstrengung gekostet haben, diese Worte zu sprechen. Er tat noch einen letzten, rasselnden Atemzug und starb.

Meine Mutter war hinter mich getreten. Ihre knochigen Hände umklammerten meine Schultern. Ein eigenartiges Gefühl beschlich mich. Ihre Finger bohrten sich in meine Muskeln hinein, und mit ein paar leichten Rucks gab sie mir zu verstehen, dass ich das Zimmer verlassen sollte. Im Gang standen wir uns dann schweigend gegenüber. Noch immer hatte sie kein einziges Wort gesprochen. Nach ein paar Augenblicken, in denen ich diese bedrohliche Stille nicht mehr ertrug, stiess ich einen flüchtigen Abschiedsgruss hervor, drehte mich um und trottete schwermütigen Herzens davon. Ihr Blick bohrte sich in meinen Rücken.

Auch noch auf der Strasse fühlte ich mich beobachtet. Wahrscheinlich stand sie am Fenster. Mein Körper bewegte sich schwerfällig den Weg entlang. Mein Atem war flach. Erst nachdem ich in eine andere Strasse eingebogen war, konnte ich wieder tief durchatmen. Ich war nun sicher, dass ich ihren verschlingenden Augen entschwunden war. Ich fühlte mich erleichtert, aber gleichzeitig stieg auch Wut auf. «Verdammt nochmal!» Voller Wucht trat ich gegen eine Strassenlaterne. «Dabei wollte ich mit ihm reden!» Mein Fuss schmerzte, doch stärker noch spürte ich den schmerzenden Druck auf meiner Seele. Und die Enttäuschung. Ich war zu ihm gefahren, *um ihm alle Verletzungen symbolisch zurückzugeben. Ich wollte ihm alles, was er mir angetan hatte, auf respektvolle Weise zurückschieben. Das war mir nicht gelungen. Ich ärgerte mich über mich selbst – wohlwissend, dass ich diesen schweren Rucksack nun noch lange herumtragen musste und dass ich die Chance verpasst hatte, sein Gewicht ein wenig zu mindern.*

5

Meine Eltern waren in diese Kleinstadt gezogen, am Ende der Welt. Mein Vater ergriff die Gelegenheit, hier ein eigenes Notariat aufzubauen. Seine gute Anstellung als Jurist in einem grossen Beratungsbüro genügte ihm nicht mehr; es reizte ihn, sich beruflich selbstständig zu machen. So landeten wir in diesem Kaff, das auf meiner Lebensskala einen gewaltigen Abstieg bedeutete. Auch meine Mutter war nicht gerade auf diese Wohnsituation erpicht, aber sie hütete sich davor, etwas verlauten zu lassen. Schliesslich ermöglichte ihr mein Vater ein angenehmes, materiell reich ausgestattetes Leben. Im Gegenzug erwartete er absolute Unterwerfung und Loyalität. Ob die nächtliche Befriedigung seiner Bedürfnisse auch zu dem Pflichtenheft meiner Mutter zählte, entzieht sich meiner Kenntnis. Bei dem Gedanken, dass sich meine Eltern sexuell räkeln und recken, wird mir fast übel.

Der erste Schultag war eine Katastrophe. Als ich das alte, baufällige Gebäude betrat, das bei jedem Schritt gewaltig und bedrohlich knirschte, übermannte mich eine ungute Vorahnung. Hier also sollte ich die wichtigsten Jahre meiner Jugend absitzen und so lange ausharren, bis ich eigene Wege gehen konnte. Ein unheimliches Gefühl beschlich mich. Als mich die Direktorin dann ins Zimmer führte, beäugten mich eine Unzahl neugieriger Augenpaare. Zum Teil fühlte ich echtes Interesse, zum Teil gähnende Langeweile. Ein Mädchen mehr oder weniger, kam es darauf an?

Das Lernen fiel mir leicht; ich musste mich kaum anstrengen. Einmal etwas gehört, konnte ich mir den Sachverhalt gut merken. Zudem war meine Denkfähigkeit eher überdurchschnittlich ausgeprägt. Das fiel mir vor allem im Vergleich mit anderen Mitschülern auf. Ich hatte da einen Reichtum mitbekommen, der wohl nicht selbstverständlich war.

Meine Mitschüler ödeten mich an. Die Jungs schienen nur an Fussball und kämpferischen Auseinandersetzungen interessiert zu sein; die Mädchen übertrafen sich in ihrer Einfältigkeit und buhlten mit ihren kleinen Reizen um die Gunst des männlichen Geschlechts. Dabei waren sie besonders stolz auf ihre supertollen Outfits, die aber bei näherer Betrachtung dem Geschmack eines Bauerntölpels entsprachen. Hart, aber wahr. Hier sollte ich mich also entwickeln, die wichtigsten Jahre meiner Jugend verbringen und zur Frau heranwachsen. Ein Graus!

Ein Mädchen stach mir in meiner neuen Klasse besonders ins Auge: Beatrice, die Schlächterin der Schule. Ironie beiseite! So schlimm war es nicht. Aber offenbar hatte dieses Mädchen Freude daran, sich mit Jungs körperlich zu messen. Es verging kaum eine Pause, in der sie nicht mit irgendeinem Halbwüchsigen herumtobte. Oft lagen die beiden dann auf dem Boden und zuckten wie kopulierende Tiere miteinander im Gleichtakt. Es war einfach lächerlich! Wenn es läutete, standen die beiden auf, trennten sich, als ob nichts geschehen wäre, und rannten ins Klassenzimmer. Beatrice sah dann meistens verdreckt und verschrammt aus. Manchmal hatten auch ihre Kleider Risse abbekommen. Aber da es sich hier eher um Lumpen als um hochwertige Stoffe handelte, spielte es eigentlich keine Rolle. Beatrice hatte Mühe, dem Unterricht zu folgen. Wenn sie an der Reihe war, stotterte sie irgendwelchen Quatsch. Komischerweise lachte niemand sie aus. Das war schon erstaunlich. Da war ich anderes gewohnt. Es war eigenartig, welchen Status Beatrice in der Klasse innehatte. Die Mädchen behandelten sie zwar nicht wie ihresgleichen, liessen sie sogar zwischendurch links liegen, aber benutzten sie trotzdem gerne, wenn sie ihre Hilfe benötigten, und die Jungs hatten eine gewisse Ehrfurcht vor ihr. Das war sehr speziell. Da reizte es mich, diese Ordnung ein wenig aufzuweichen. Schliesslich war ich es gewohnt, den Ton anzugeben und die Leute hinter mich zu scharen. Aber ganz ehrlich gesagt: Hier hätte ich auf diese Anhängerschaft verzichten können. Jedoch hatte ich keine andere Wahl.

6

Spürte ich am Tag seiner Beerdigung endlich Erleichterung? Vielleicht. Aber auch eine riesengrosse Enttäuschung, da ich es nicht geschafft hatte, vor seinem Tod klärend mit ihm zu sprechen. Zudem beschlich mich auch eine nagende Traurigkeit. Er war mein Vater, was auch immer er getan oder unterlassen hatte, ich lebte durch ihn. So dachte ich, so fühlte ich.

Meine Mutter gab sich tapfer, doch schien sie ein Schatten ihrer selbst zu sein. Sie hatte unter dem Mann viel gelitten, viel Unrecht und gewalttätiges Verhalten erlebt. Aber sie musste ihn geliebt haben! Wie sonst war ihre Trauer zu erklären? Oder war es die Angst, nun alleine durchs Leben zu manövrieren? Zwar hatte meine Mutter durch meinen Vater viel Unglück und Leid erfahren, doch war sie in der Lage, ihrem Leben eine neue Wende zu geben? Mir war nicht klar, ob die getrübte, ja fast verzweifelte Stimmung meiner Mutter daher rührte, dass sie um ein weitgehend trostloses Leben trauerte, oder ob sie tatsächlich den Verlust ihres Mannes beweinte. Zwar hatte sie mit ihm ein hartes Dasein geführt, aber nun folgte eine beängstigende Leere.

Den Leichenschmaus überstand meine Mutter nur mit Mühe. Auch mir ging es nicht besonders gut. All die Leute, die uns kondoliert hatten und nun das bürger-

liche Essen gierig verschlangen, dazu viel Alkohol tran-
ken, ihn regelrecht hinunterschütteten. Nebenbei Witze
und Anekdoten erzählten, kicherten, sogar ausgelassen
und ausgiebig lachten. Auf dem Land ist ein gemeinsa-
mes Leichenmahl üblich. Es wegzulassen, würde Anlass
zu bösem Getratsche geben, obwohl viele Hinterbliebene
diese Treffen nicht wirklich als angenehm empfanden.
Sie verkörperten ein notwendiges Übel, das viel Geld
verschlang und ein grosses Loch in das Portemonnaie
riss. Aber was sein musste, war nicht abzuwenden. Da
musste man einfach hindurch! War ich traurig? Nicht
wirklich! Froh? Vielleicht ... Aber mich wurmte es natür-
lich, dass ich meine letzte Chance verpasst hatte, mit
meinem Vater ein klärendes Gespräch zu führen oder an
ihn eine wohltuende Schimpftirade über das erlittene
Unrecht und Leid zu richten. Nun war diese Möglichkeit
vertan, die Waffe entschärft. Mir blieb nichts anderes
übrig, als mich mittels meiner eigenen Methoden selbst
mit meiner Vergangenheit auseinanderzusetzen.

Meine Mutter tat mir leid. Wie ein Häufchen Elend
sass sie am Tisch, ihren Kopf in ihre Hände aufgestützt,
vor sich hinstarrend. Was ging in ihr vor? Wühlte sie der
Verlust oder die Angst um ihre weitere Zukunft dermas-
sen auf? Neben meinem Vater hatte sie ein hartes Leben

geführt. Das Geld, das er mit seinen wechselnden Arbeitsstellen verdiente, reichte bei weitem nicht aus, um die kleine Familie zu versorgen. Zudem hatte er es nicht für nötig befunden, meiner Mutter genügend Haushaltsgeld abzugeben. Es blieb ihr also nichts anderes übrig, als einen schlechtbezahlten Fabrikjob im Nachbardorf anzunehmen. Dabei durfte sie sich glücklich schätzen, dass sie überhaupt dieser Halbtagsarbeit nachgehen konnte. Es war in jenen Zeiten schon nicht mehr so einfach, ohne nennenswerte berufliche Qualifikation einen Broterwerb zu finden. Eine Bekannte hatte beim Geschäftsführer der Firma ein gutes Wort für meine Mutter eingelegt. Und so durfte sie den ganzen Morgen Schrauben und Nägel am Fliessband sortieren.

Der Job war stupide. Aber immerhin kam so ein wenig Geld zusammen, mit dem meine Mutter das Nötigste unserer Ausgaben decken konnte. Was natürlich für meinen Vater bedeutete, dass er nun noch mehr Geld für sich und seine Kumpels ausgeben konnte. Es war ein Teufelskreis!

Auch als Witwe müsste meine Mutter weiterhin in der Fabrik ausharren; denn mit der kleinen Rente meines Vaters konnte sie sich nur mühsam über Wasser halten. War es diese Tatsache, die sie bedrückte? Oder war es doch die Angst vor der Einsamkeit – auch wenn diese nun ohne Gewalt und Aggressionen ablaufen würde? In all den Jahren hatte ich kaum mit meiner Mutter über persönliche Angelegenheiten gesprochen, geschweige denn mich mit ihr über Wünsche oder Gefühle ausgetauscht. Sie ging schweigend und duldsam ihren Weg und verlor lediglich über Notwendigkeiten wenige Worte.

Missstände nicht zu sehen oder sich abzuwenden, das beherrschte meine Mutter ideal. Aber ich war ihr nicht wirklich böse. Sie tat, was in ihren Möglichkeiten lag und war ausgefüllt von der Bewältigung ihrer eigenen Probleme in ihrem eigenen verknorzten Leben.

Meine Mutter wusste, dass ich nach der Beerdigung abreisen wollte. Sie hatte mir signalisiert, dass sie keine Hilfe mehr brauchte. Die notwendigen administrativen Schritte hatten wir bereits in die Wege geleitet. Meine Mutter fühlte sich in der Lage, die restlichen Anforderungen selbst in die Hände zu nehmen. Doch nun bat sie mich im Restaurant flüsternd, noch einen weiteren Tag zu bleiben. Offenbar wollte sie mir etwas Wichtiges erzählen. Ich war überrascht!

Mir kam der längere Aufenthalt nicht unbedingt entgegen, aber ich wollte meiner Mutter den Wunsch auch nicht ausschlagen. Selten hatte sie mich um etwas gebeten. Sie war einfach da, funktionierte, wie man es von ihr erwartete. Aber ihre Gefühlswelt war versiegelt, sie konnte oder mochte sie niemandem zeigen. Vielleicht nicht einmal sich selbst. Natürlich habe ich mir eine stärkere Mutter gewünscht; natürlich hätte sie sich vor mich hinstellen und mich in Schutz nehmen müssen, wie es sich für eine Mutter gehört. Aber sie war dazu aufgrund ihrer eigenen Disposition nicht wirklich in der Lage. Deshalb durfte ich nicht nachtragend sein.

Am nächsten Tag frühstückten wir gemeinsam. Wir sassen einander gegenüber und starrten schweigend in unser Müsli. Ich wartete darauf, dass sie das Wort ergriff. Nach einer gefühlten Ewigkeit sprach ich meine Mutter auf den Grund der Unterredung an. Sie druckste zunächst herum, wollte sich nicht klar äussern, bis endlich ein Satz aus ihr heraussprudelte, der mein Leben veränderte: «Du bist nicht unser leibliches Kind. Wir haben dich adoptiert!» Es verschlug mir die Sprache: «Wie bitte?!» Mit allem hätte ich gerechnet, damit aber nicht. Meine Mutter spürte meine Ergriffenheit, deshalb betonte sie: «Aber glaube mir, du bist ... warst ... für uns wie ein eigenes Kind!» Tränen traten mir in die Augen. All die erduldeten Schmerzen, die Ohnmachtsgefühle machten sich brennend in meiner Brust bemerkbar. Meine Mutter zeigte nun eine Regung, die ich in all den Jahren nie bei ihr gesehen hatte. Sie nahm mich in den Arm, und ihre Stimme tönte brüchig: «Wir haben uns so sehr ein Kind gewünscht! So vieles haben wir versucht, aber es hat einfach nicht geklappt. Als wir dann den Kinderwunsch schon fast aufgegeben hatten, bist du in unser Leben getreten. *Wir haben uns so sehr gefreut, haben geglaubt, dass wir als kleine Familie einfach nur glücklich sein werden.»* – *«Was ja dann alles andere als eingetroffen ist!»* Schreiend und wild gestikulierend stiess ich meine Mutter weg und rannte hinaus. Ich brauchte frische Luft, musste ruhig durchatmen, meine Sinne neu ordnen. Da glaubte man, in eine schwierige Familie hineingeboren worden zu sein und sein schweres Los einfach tragen zu müssen, und dann erfuhr man überraschend von anderen Wurzeln, als ein Leben lang angenommen. Das war im Moment einfach zu viel. Ich verliess das Haus und lief gedankenverloren durch das kleine Örtchen. Es hatte sich nicht viel verändert; doch das nahm ich nur wie durch einen getrübten Schleier wahr. Im Park setzte ich mich auf eine Bank. Meine Gefühle spielten verrückt. Gedankenblitze und Emotionspfeile veranstalteten in meinem Körper ein wildes Rennen. Ich war zu keinem rationalen Gedanken fähig. Ich musste mich beruhigen. So konnte ich nicht zurückkehren. In einem Gebüsch hörte ich eine Katze fauchen. Als ich näher hinschaute, sah ich das Spiel der beiden Tiere: Der Kater stieg auf die Katze, packte sie mit dem Maul brutal am Nacken. Sie hielt still, streckte ihm sogar ihr Hinterteil entgegen. Nach einer Weile biss sie ihn und stiess ihn entschieden weg. Danach gingen beide ein wenig auf Distanz. Nach einer kurzen Zeitspanne begann die Katze, sich am Bo-

den auszustrecken, sich zu recken und zu räkeln, bis der Kater wieder auf sie stieg. Dieses tierische Paarverhalten faszinierte mich. Aber gleichzeitig erinnerte es mich an meine Eltern. Konnte ich sie überhaupt noch so bezeichnen? Passte Adoptiveltern nun nicht besser? Es war schwierig für mich, irgendwelche Gedanken in Worte zu fassen. Aber die Tiere standen sinnbildlich für meine Eltern oder Adoptiveltern. Kein Ausdruck fühlte sich stimmig an! Trotzdem flossen mir die Tränen die Wangen hinunter. Wie oft hatte ich gewalttätige Übergriffe zu Hause erlebt? Man begegnete sich brutal, war aggressiv zueinander, doch konnte man nicht voneinander lassen. Wobei mein Vater die herrschende Rolle innehatte, und meine Mutter – wie die Katze – einfach reagierte, um ihn dann doch wieder zu besänftigen.

Als ich später nach Hause kam, sass meine Mutter gebeugt am Küchentisch. Sie hatte gelitten, das sah ich ihr an. Meine Reaktion musste ihr zugesetzt haben, aber sie sagte kein Wort. Ich hatte mich soweit wieder beruhigt, dass ich sie in den Arm nehmen konnte. Nun spürte ich ein kleines Aufatmen bei ihr. Offenbar war ihr das Geständnis nicht leichtgefallen. Ich selbst fühlte mich noch sehr aufgewühlt, doch spürte ich auch eine gewisse Erleichterung aufgrund der neuen Entwicklung. Meine Mutter löste sich von mir und drückte mir einen gefüllten Briefumschlag in die Hände: «Lies es später, wenn du alleine bist. Jetzt ist es wohl zu viel.» Ich nahm meine Mutter nochmals in den Arm. Sie schien sich zu entspannen. In meiner ganzen Kindheit hatte sie mich selten umarmt. Nun wurde mir bewusst, dass sie es vielleicht gar nicht konnte. Die Frau musste viel mitgemacht, viel gelitten haben. Irgendwie durchdrang mich diese Erkenntnis wie ein Schlag, als ich meine Mutter fest umklammert hielt. Hätte ich es nicht anders gewusst, hätte ich verzweifelt gedacht: «Ich bin wie du.» Doch irgendeine Stimme hielt mich davon ab, sentimentalen Erklärungen nachzugehen.

Meine Mutter hatte ich wohl eine gefühlte Ewigkeit im Arm gehalten. Dabei entschied ich auch impulsiv, dass ich sie weiterhin als Mutter bezeichnen würde. Sie gehörte zu meinem Leben, ich zu ihrem. Ich konnte ihr nicht wirklich böse sein. Irgendetwas verband mich mit ihr, nicht nur die gemeinsam verbrachten Jahre. Das fühlte sich nun so irrsinnig an – jetzt, da ich wusste, dass wir keine gemeinsamen Gene hatten. Natürlich brannte ich darauf zu erfahren, was sich im Umschlag befand. Es musste warten. Unsere Umarmung wollte ich auskosten. So lange hatte ich darauf verzichten müssen. Jetzt fühlte ich mich von einer schönen Welle gemeinsamer Harmonie getragen.

7

Heintzelmann nervte mich. Er tänzelte die ganze Zeit wie ein verliebter Pfau um mich herum, so als ob er mich wieder für sich gewinnen wollte. Dabei hatten wir nur eine kurze Affäre zusammen gehabt, die eigentlich auch nicht hätte geschehen dürfen. Wir vereinbarten Stillschweigen darüber. Obwohl er oberflächlich als offener, humorvoller Typ galt, den man schon mit einer Klatschbase gleichsetzen konnte, wusste ich, dass ich mich auf ihn verlassen konnte.

Es geschah auf einem Betriebsausflug. Fast das gesamte Kader verbrachte einen gemeinsamen Teamtag: Besuch eines ehrwürdigen alten Schlosses, Fortführung mit einem Minigolfspiel, anschliessend ein feines Gourmetmenü in einem respektablen Restaurant mit Hotelübernachtung. Die Assistentin des Direktors hatte den Tag organisiert und geplant. Es galt, uns als Team zusammenzuschweissen und zudem auch noch ein wenig Freude und Spass zu haben. Der Erholungsfaktor war bei solchen Ausflügen immer auch ein besonderes Argument.

Es ging mir zu jener Zeit nicht besonders gut. Mein Mann hatte sich gerade nach 31 Jahren (15 davon als mein Ehemann!) von mir getrennt, unser gemeinsamer Sohn, Eric, wollte beim Vater bleiben, was ich ihm nicht verübeln konnte. André hatte sich schon immer gut mit Kindern verstanden. Wenn es nach ihm gegangen wäre, würden uns nun drei bis vier pubertierende Kinder das Leben zu Hause zur Hölle machen. Doch ich hatte eine dermassen schwere, schmerzvolle und lange Geburt, dass ich mir ein zweites Kind schlichtweg nicht mehr vorstellen konnte. Vielleicht war es auch die Angst davor, meine Unabhängigkeit zu verlieren, die mir heilig schien. Auch mit einer kleinen Familie wollte ich auf jeden Fall voll berufstätig bleiben. Dazu gehörten natürlich auch Überstunden. Schliesslich wollte ich auf der Karriereleiter nach oben steigen. Alles andere war undenkbar. Für André war es simpler. Als Handwerker hatte er seine geregelten Arbeitszeiten, die es ihm erlaubten, noch genügend freie Zeit mit Eric zu verbringen. So war für Eric der Vater die erste Bezugsperson, was mich ein wenig schmerzte, aber auch verständlich und praktisch war. Jede Situation beinhaltet ja stets mehrere Aspekte – gute und schlechte.

Da André natürlich nicht die gesamten Familien- und Hausarbeiten übernehmen konnte, hatten wir noch zusätzlich eine Haushaltshilfe, die anfänglich fast den ganzen Tag, später nur noch stundenweise bei uns aushalf. Sie war unsere gute Seele. Eric mochte sie wie eine gute Tante oder eine liebe Grossmutter. Sie hatte etwas Herzliches an sich, das mir irgendwie fehlte. Manchmal sah ich den beiden heimlich zu und freute mich, dass diese Fee unsere Familie unterstützte. Mit der Zeit beneidete ich das spürbare Vertrauen, das sich da wie ein starkes Band zwischen den drei Personen spann und von dem ich irgendwie ausgeschlossen war, obwohl ja mein Einkommen diese Konstellation erst ermöglichte.

Es ging mir also bei diesem Betriebsausflug nicht gut. Ich war soeben in eine nahe gelegene kleine Wohnung umgezogen, während mein Mann mit Eric in dem gemeinsamen Haus wohnen blieb. Natürlich musste ich Unterhalt bezahlen, was angesichts meines Einkommens angemessen war. Jedoch fühlte sich die ganze Situation für mich seltsam, erniedrigend, deprimierend, ja ernüchternd an. Zum zweiten Mal in meinem Leben fragte ich mich, ob ich auf die richtigen Karten gesetzt hatte. In meinem Leben drehte sich bislang fast alles nur um Geld, Macht, Prestige, Karriere. Lag ich da richtig?

In jener Stimmung hätte ich mich natürlich nach dem exquisiten Dinner verabschieden und mich in mein Hotelzimmer zurückziehen müssen. Aber Heintzelmann und ein paar Kollegen wollten noch weiterziehen: einen Schlummertrunk in einer der zahlreichen Bars einnehmen. Obwohl solche Touren eher dem männlichen Wunsch entsprechen und dabei unter

Umständen auch noch andere Bedürfnisse befriedigen sollen (wenn sich die Gelegenheit dazu ergab), spürte ich instinktiv, dass von mir eine Teilnahme erwartet wurde. Es war mir zu jener Zeit absolut wichtig, nicht als «Weichei» zu gelten, dem männlichen Geschlecht in nichts nachzustehen, maskuline Führungsqualitäten zu demonstrieren, die sich mit jedem männlichen Part messen konnten. Als ob ein wildes Besäufnis in einem einschlägigen Lokal mit anschliessend gekauftem Sex etwas mit Leitungsqualitäten zu tun haben könnte! Eher mit Abreagieren, womöglich auf Geschäftskosten! Wie blind ich zu jener Zeit war!

Heintzelmann war nicht der Typ, der mit einer der leicht bekleideten Frauen, die mich zum Teil sehr argwöhnisch beäugten, zu verschwinden beabsichtigte. So blieb er bei mir. Nachdem wir unsere Drinks lachend hinuntergeschüttet hatten, bezahlten wir und machten uns auf den Heimweg. Unterwegs kehrten wir nochmals ein, aber in eine Bar, die weniger anrüchig war und wo wir mehr Ruhe hatten. In meiner angeschlagenen Stimmung genoss ich Heintzelmanns Anwesenheit. Er war ein Mann, der andere Menschen zum Lachen bringen konnte, eine Gabe, die ich an ihm stets bewundert hatte. Andererseits nervten mich seine Sprüche im Büro auch oft. Aber nun war ich richtig entspannt und ausgelassen, was bei mir eher selten vorkam. Mein Blick klebte an seinen Lippen, die ununterbrochen erzählten und lustige Episoden und Sprüche von sich gaben. Ich hörte mich lachen, fühlte mich im Moment wunderbar und verlor meine Kontrolle. Wahrscheinlich hatte auch der Alkohol seinen Teil dazu beigetragen, denn plötzlich küssten wir uns. Es war nicht wirklich überraschend, aber irgendwie seltsam. Danach eilten wir lachend und scherzend auf dem schnellsten Weg in unser Hotel, wo ich in seinem Bett landete. Es war aufregend, aber verging irgendwie zu schnell. Am nächsten Morgen erwachte ich in meinem Hotelzimmer. Irgendwann in der Nacht hatte ich mich wahrscheinlich verabschiedet und meine eigene Bleibe aufgesucht. Ich fühlte mich seltsam, einerseits in einer Aufbruchstimmung, andererseits ein wenig bedrückt.

Wenn ich daran zurückdachte, tauchten diffuse Erinnerungen auf. Ich konnte nicht mehr mit Gewissheit sagen, wer den ersten Kuss in der Bar wagte. War ich es? Fast schämte ich mich dafür, dass ich möglicherweise den Anfang zur amourösen Nacht gemacht hatte. Wenn ich an unseren Geschlechtsakt (welch banaler, nichtssagender Ausdruck) zurückdachte, spürte ich seinen korpulenten Körper auf mir, sein Gewicht, das mich zu erdrücken schien, mir aber andererseits eine eigenartige Lust bereitete – irgendwie den Wunsch und das Bedürfnis nach mehr. Hatte ich einen Orgasmus? Ich wusste es nicht mehr wirklich, konnte es nicht mehr mit Gewissheit sagen. Auf jeden Fall war es eine angenehme Nacht, über die ich mich gleichzeitig freute und schämte. Mit André war der Sex zu Beginn auch aufregend, aber nach und nach verlor er seinen Reiz für mich. Ich war zu müde, hatte keine Lust, konnte nachts nicht wirklich abschalten und mich auf die Erotik einlassen. André hatte anfänglich viel Verständnis und drängte mich nicht, doch mit der Zeit erlosch sein sexuelles Interesse an mir; so erschien es mir zumindest.

Beim gemeinsamen Frühstück liess sich Heintzelmann mir und den anderen gegenüber nichts anmerken. Nur einmal leuchteten seine Augen für einen kurzen Moment, als er in meine Richtung schielte. Ich war ihm sehr dankbar. Sowieso hatten einige der Kollegen eine Katerstimmung und sahen miserabel aus. Die hätten eh nicht viel mitbekommen. Oder doch? Vielleicht in ihrer Stimmung erst recht? Auf jeden Fall beschlossen Heintzelmann und ich ein paar Tage später, Stillschweigen über den Vorfall zu bewahren. Es war sozusagen ein «Betriebsunfall» gewesen, der nicht die Runde machen sollte. Ich war einerseits sehr froh und fühlte mich erleichtert, andererseits fühlte ich einen feinen Stich irgendwo in meinem Körper ...

8

*Für André hatte ich schon in der Grundschule ge-
schwärmt, doch schien er mich nicht zu beachten. Er
war gross und schlank, mit einem kräftigen, durchtrai-
nierten Körper. Er strahlte etwas aus, das mich anzog.
Vielleicht sein Selbstbewusstsein, seine humorvolle,
einnehmende Art? André war eine Klasse über uns; deshalb sah ich ihn nicht oft – lediglich in den Schulpau-
sen, wenn ich nicht gerade beschäftigt war. Zwar hatte
ich mich auch schon bei älteren Jungs mit den Fäusten
behauptet – was selten vorkam, denn ich konzentrier-
te mich lieber auf die Gleichaltrigen –, mit ihm jedoch
hatte ich nie gekämpft. Es passte nicht zu ihm, sich mit
einem Mädchen zu prügeln. André fiel mir zum ersten
Mal auf, als ich einmal beim Läuten der Pausenglocke
nach einer recht erfolgreichen Balgerei den Platz des
Geschehens verliess. Während ich Staub und Schmutz
von den Kleidern rieb, stand er ein paar Meter entfernt
und beobachtete die sich auflösende Menschenmenge.
Dabei glaubte ich, eine Art Schalk in seinen Augen aufblitzen zu sehen. Von da an interessierte mich dieser
Junge, und fortan nahmen meine Kämpfe ab. Vielleicht
hing es auch mit dem Alter zusammen. Als pubertierende Jugendliche wollte ich mich nicht mehr mit dem
anderen Geschlecht herumschlagen; andere, erotische*

Aspekte flammten auf. Der Respekt in der Schule blieb mir erhalten, auch wenn ich ihn nicht mehr mit den Fäusten verteidigen musste. André sah ich zwischendurch in den Pausen oder auf Schulanlässen. Ich wusste nicht, wie ich es anstellen sollte, seine Aufmerksamkeit zu erregen. Ihn anzusprechen kam überhaupt nicht in Frage. Dafür fühlte ich mich zu unsicher. Also litt ich einfach und hoffte darauf, dass sich irgendwann einmal eine Chance ergeben würde, was jedoch nie eintraf. Nach Andrés Schulabschluss verlor ich ihn aus den Augen und vergass ihn – bis zu unserer Abschlussfeier der Sekundarschule.

Es war nicht meine Angewohnheit, an solchen Partys teilzunehmen. Es wurde zu viel getrunken, zu ausgelassen gelacht, zu doof herumgelallt. Das ganze Gehabe erschien mir irgendwie lächerlich. Es ging nur darum, sich vor dem anderen Geschlecht möglichst vorteilhaft (sprich: erotisch anziehend) in Szene zu setzen. Eigentlich wollte ich gar nicht auf das Abschlussfest gehen. Aber es gehörte irgendwie dazu. Es war immer noch besser als den festlichen Tag zu Hause bei einem betrunkenen Vater und einer frustrierten Mutter zu verbringen. Wenigstens einmal wollte ich mich wie Gleichaltrige verhalten und hoffte, ihre

Unbeschwertheit würde ein wenig auf mich abfärben; irgendwie sehnte ich mich danach.

Zu später Stunde tauchten in der eigens für uns angemieteten Festhütte auch ältere Jungs auf, unter ihnen auch André. Mein Herz blieb einen Moment lang stehen. Er hatte sich verändert, sah jetzt noch männlicher und erwachsener aus. Mir gefiel seine Anwesenheit, gleichzeitig war sie mir auch peinlich. Wie sollte ich mich ihm gegenüber verhalten? Es war schon reichlich Alkohol geflossen, die Stimmung war ausgelassen und heiter. Ehe ich mich versah, begannen sich Paare zu bilden, die am Boden oder in einer Ecke lagen und wild herumknutschten. Es war mir irgendwie unangenehm. Ich sass steif auf meinem Stuhl, trank meine Cola und wusste nicht, wohin ich meine Augen wenden sollte. André wollte ich nicht zu fest fixieren, ich fühlte mich ihm gegenüber unsicher und gehemmt. Deshalb gab ich mir Mühe, ihn gar nicht besonders zu beachten. Irgendwann verlor ich ihn sogar aus den Augen. Aber es beunruhigte mich nicht sehr, war ich doch davon überzeugt, dass er zu gegebener Zeit den Weg zu mir finden würde.

Vor meinen Augen entwickelten sich neue Aktivitäten: Offenbar hatte sich ein weiteres Paar gebildet, das auf dem Boden lag und sich wild unter einer dünnen Decke bewegte, die Identität der Beteiligten nicht preisgebend. Auch ihre Gesichter waren verdeckt. Ich sass blöd daneben, rührte mich kaum, wusste nicht, was ich tun oder wo ich hinschauen sollte. Diese amourösen Handlungen geschahen so nah bei mir, dass ich mich fast ein wenig bedroht fühlte. Es war mir peinlich. Von André fehlte auch jede Spur. Irgendwie spürte ich in jener Situation, dass ich wirklich nicht dazugehörte. Mein Körper war zwar anwesend, aber mein Geist war woanders. Zwischendurch versuchte ich zu lächeln, machte gute Miene zum bösen Spiel und tat entspannt. Aber im Grunde meines Herzens ödete mich der ganze Abend an, auch wenn ich meine Schulkameradinnen beneidete. Lediglich das Wissen um Andrés Anwesenheit liess mich an diesem Ort verharren.

Nach einer gefühlten Ewigkeit liessen die beiden Verliebten vor meinen Füssen voneinander ab und richteten sich lachend auf. Erst jetzt sah ich, wer sich da in meiner Gegenwart und Nähe vergnügt hatte. Ich war schockiert: André und Jasmine! Eine Welt brach für mich zusammen! Es reichte nicht, dass mir Jasmine seit ihrem Zuzug das Leben erschwerte und mich überall lächerlich machte! Nein, sie nahm mir auch noch den Mann weg, von dem ich glaubte, dass er für mich bestimmt wäre! Das würde ich ihr nie verzeihen und ich hasste sie einfach nur, aus tiefstem Herzen! Mit kummervoller Seele lief ich weinend nach Hause. Es kostete mich grosse Anstrengung, meine Gefühle vor meinen Eltern zu verbergen.

9

Natürlich war sie mir aufgefallen. Diese blöde Kuh. Dachte sie tatsächlich, André könnte sich für sie interessieren? Für ein Bauernmädchen wie sie, das überhaupt keinen Stil, keine Anmut hatte? Dachte sie tatsächlich allen Ernstes nur eine Sekunde lang, André könne irgend etwas an ihr anziehend finden? Hatte sie denn überhaupt nicht mitbekommen, dass André und ich schon längst ein Paar waren?

Wie sie auf ihrem Stühlchen sass und angestrengt versuchte wegzusehen, ihren Blick nicht auf André zu richten. Einfach lächerlich! Hätte sie sich nicht so zwanghaft bemüht, ihre Bewunderung für André zu verbergen, hätte sie schon früher bemerkt, wie er mich mit den Augen verschlang. Wie er mich aufsuchte, wie er mich umarmte. Wie kann man nur so einfältig sein! Wir lagen vor ihr auf dem Boden – bewusst hatte ich diese Stelle gewählt – und sie merkte es nicht einmal. Ich genoss es ungemein. Mir gehörte André, mir ganz allein. Zum ersten Mal erlaubte ich ihm auch mehr: Er betatschte mich überall und ich fühlte einen unbeschreiblichen Rausch. Ich liess es sogar zu, dass er unter der Decke, unter der ich fast zu ersticken drohte, in mich eindrang, tief, schnell, mit harten, lautlosen Stössen. Obwohl es rasch vorbei war, genoss ich es, kostete meinen Triumph aus. Vielleicht verspürte ich sogar einen kleinen Orgasmus. Ich kann es heute nicht mehr mit Bestimmtheit sagen. Aber damals war ich rundum glücklich. Ich fühlte mich als Königin der Nacht. Noch heute sehe ich ihr verzerrtes Gesicht, als André und ich uns aufrichteten. Nie mehr würde ich ihre Fratze vergessen, das war mir schon damals bewusst, ihr entsetzter Ausdruck, der mir noch zusätzliche Befriedigung verschaffte. Eigentlich verrückt! Auch völlig bekloppt, dass wir uns in jener Situation zu ungeschütztem Sex verleiten liessen – doch glücklicherweise ohne gravierende Folgen. Wir wären beide noch zu jung gewesen!

Manchmal denke ich, André und ich kamen zusammen, weil ich ihr grosses Interesse für ihn gespürt hatte. Wann es genau anfing, kann ich nicht mehr mit Bestimmtheit sagen. Es war für mich einfach offensichtlich, dass Beatrice an dem Jungen Gefallen fand. Und von da an musste ich André einfach haben. Einfach so! Was dann ja auch geschah: Wir zogen zusammen, heirateten, bekamen unseren Sohn Eric, blieben ein paar Jahre zusammen, hatten gute und schlechte Zeiten, lebten uns auseinander und trennten uns (bis dass nicht der Tod uns schied: Schwachsinn!) ...

Natürlich war es für mich ein Schock, als ich realisierte, dass Beatrice in unserer Firma als Lagermitarbeiterin arbeitete. Zufälligerweise sah ich sie von meinem Büro aus in ihrem Lageroverall, der schlecht gestylten Frisur, dem verhärmten, ungeschminkten Gesicht, dem man die Strapazen des Alltags ansah. Offenbar hatte sie einen Termin beim Personalbüro und schlenderte deshalb mit ungelenken, unsicheren Schritten den Firmengang entlang. Ich erkannte sie sofort. Obwohl viele Jahre vergangen waren, hatte sie sich wenig verändert. Kaum hatte ich sie erblickt, sah ich die Szene unseres Abschlussfestes vor mir. Vielleicht errötete ich im selben Moment. Auf keinen Fall wollte ich jedoch, dass sie erfuhr, dass ich mit André verheiratet war, eine Familie gegründet hatte und nun seit ein paar Monaten von ihm getrennt lebte. Aber vielleicht hatte sie mich auch nicht erkannt, allerdings glaubte ich in ihrem Blick ein kurzes Aufblitzen wahrzunehmen.

Nie sollte sie jemals etwas von meiner Beziehung zu André erfahren. Das schwor ich mir in jenem Moment, aus einer Vorahnung heraus, dass es wahrscheinlich bei dieser einen zufälligen Begegnung nicht bleiben würde. Nie würde ich ihr etwas von meiner gemeinsamen Vergangenheit mit André erzählen, diesen Pakt schloss ich mit mir in dem Bruchteil einer Sekunde.

André war immer mein Held gewesen – bis zu jenem Tag. Ich sah zu ihm auf, bewunderte ihn, genoss seinen kräftigen, starken Körper und fühlte mich in seinem selbstsicheren Auftreten gespiegelt. Mich seine Frau zu nennen, erfüllte mich mit grossem Stolz. Aber dann zerbrach etwas in mir. Mein Respekt ging verloren. Zunächst liess ich es mir nicht anmerken, ich versuchte, mich ihm gegenüber unverändert zu verhalten. Doch natürlich spürte er es! Ich hatte einen «starken» Mann geheiratet, der in allen Situationen die Oberhand und Kontrolle behalten konnte und wusste, was zu tun war, der rational denken und um das Wohl der anderen willen funktionieren konnte. Doch dann verliess ihn gerade dieser heldenhafte Mut, diese tugendhafte Einstellung an jenem Tag, als die ganze Welt ihm hätte zujubeln können. Bei den ersten Schüssen des Amoklaufs in der Schule verkroch er sich – mehr als eine Stunde, mein geliebter, robuster, kräftiger Hausmeister. Die Stelle hatte er ein paar Jahre zuvor angetreten und er war sowohl beim Lehrerkollegium als auch bei der Schülerschaft sehr beliebt. Man schätzte seine Freundlichkeit, sein handwerkliches Geschick, sein lösungsorientiertes Handeln, seine kooperative Art. Es gab kein Problem, dessen er sich nicht angenommen hätte und bei dem er nicht gute Lösungen fand. Erst nach einer gefühlten Ewigkeit, als bereits einige Kinder dem

Irrsinn zum Opfer gefallen waren, traute er sich aus seinem Versteck heraus. Er hätte Leben retten können, er hätte zum umjubelten Ritter werden müssen. Doch nun lebte ich mit einem Feigling unter einem Dach zusammen, den alle nur belächelten. Klar konnte ihm niemand einen Prozess wegen Amtsunterlassung anhängen; er hatte menschlich gehandelt. Er hatte in einem Moment eine Verletzbarkeit und Unsicherheit gezeigt, wo ich mir etwas anderes gewünscht hätte. Vielleicht hätte er sein Leben lassen müssen, um anderes Leben zu schützen! Ich fragte mich oft, ob ich das wirklich gewollt hätte. Wenn ich ganz ehrlich bin, muss ich mir zugestehen: Es wäre mir lieber gewesen! Ich hätte zwar meinen Ehemann und Eric seinen Vater verloren – was natürlich nur als sehr grosser Schmerz zu ertragen gewesen wäre –, aber Andrés ehrenhafte Tat hätte uns dafür entschädigt. Natürlich war es schmerzhaft, seinen Partner zu verlieren; aber wenn die Vorzeichen stimmten, konnte fast alles ertragen werden. Auf jeden Fall war jenes Ereignis der Beginn unserer Beziehungsschwierigkeiten: Ich konnte ihm nicht mehr würde- und respektvoll entgegentreten, auch wenn ich es versuchte. Meine Liebe zu ihm schmälerte sich. Auch konnte ich ihm keine emotionale Stütze bieten, die er möglicherweise gebraucht hätte. Denn auch er hatte mit dem Vorfall und seiner Reaktion mehr als zu kämpfen und musste das Geschehene zunächst verdauen und verarbeiten ...

Eric war noch zu klein und bekam von alledem nicht viel mit, worüber ich froh war. Natürlich spürte er, dass sich seine Eltern nicht mehr gut verstanden. Aber den Grund dafür kannte er nicht. So sollte es auch bleiben!

10

Ein sexuell missbrauchtes Mädchen oder eine sexuell ge-schändete Frau spürt ihren Körper nicht mehr. Ihre Wün-sche, ihre Bedürfnisse gehen unter. Sie verlernt, ihre Gren-zen zu sehen und zu respektieren. In einem solchen Fall weist sie keinen Mann zurück, sie tut für ein bisschen Nähe alles, damit sie vielleicht ein wenig Liebe erfahren kann. Sie ist wie eine ferngesteuerte Marionette, die funktioniert, so wie es die anderen von ihr verlangen oder wünschen.

Ich hatte mehrere Liebschaften. Als ich einmal mei-ne Schüchternheit abgelegt hatte, lief es rund. Doch lei-der geriet ich oft an die falschen Männer, bei denen ich glaubte, ich müsste ihnen zur Verfügung stehen. Mein Wille zählte dann nicht mehr. Zwar glaubte ich sogar, dass ich den sexuellen Kontakt auch wollte; aber heute ist mir klar, dass ich nicht eigenständig entschied. Ich fühlte mich dazu genötigt. Ich musste mitmachen, das eigene Denken, das eigene Hinhören zum wahren Selbst war ausgeschaltet. Benutzten mich diese Männer? Wahrscheinlich ... Aber ich hatte auch die Anlage dazu, was das männliche Geschlecht herausspürte. Ein Wun-der, dass ich mich nicht in Prostituiertenkreisen wieder-fand! Die Voraussetzung dazu war günstig ...

Noch heute verletzt es mich, wenn ich daran zurück-denke, wie vielen Männern ich mich hingegeben habe.

Wobei natürlich von Hingabe keine Rede sein konnte. Es war ein Mitagieren dem Mitmachen zuliebe. Würden die Männer diese Einschätzung nun als hartes Urteil erleben? Möglicherweise ... Vielleicht wären sie sogar in ihrem maskulinen Ego verletzt. Arme, sensible, sexgesteuerte Männer, die eine nicht geheilte Verwundbarkeit der Frau auszunutzen wussten ...

Es hilft nichts, sich in Selbstmitleid zu ergehen. Irgendwann habe ich erkannt, dass es besser ist, mein Leben selbst zu gestalten, mich vollständig auf mich und meine Stärken zu konzentrieren. Erst jetzt begann ich, mich tatsächlich mit meiner Vergangenheit und meinen Schwächen auseinanderzusetzen, ja sogar Kraft aus Ihnen zu schöpfen. Das mag irritieren. Aber erst als ich die Angst überwand und mich meiner schwarzen, verletzten, gedemütigten Seite zuwandte, kam Heilung in Sicht. Weshalb schwarz? Mich erstaunten meine eigene Definition und Begründung. Aber vielleicht liess ich hier zu, was unausweichlich erschien, weil ich diesen Weg gehen musste. Aber diese spirituelle Seite wollte ich im Moment ausklammern, obwohl sie sich mir in den letzten Jahren als Lebensweisheit und Alltagsstütze aufgedrängt hatte. Denn hier bewegte ich mich auf einem gefährlichen Terrain.

Manchmal schien es mir, dass ich nur von bösen Menschen umgeben war – ganz besonders im Kontakt zu Männern. Diese Verallgemeinerung war natürlich fragwürdig und meinem Wohlbefinden absolut abträglich. War ich das Produkt eines verpfuschten Lebens, das schon unter unheilvollen Vorzeichen startete? Kein Selbstmitleid, Beatrice. Es war, wie es war.

Unsere Nachbarsleute waren liebe Menschen – so schien es zumindest: ein älterer, korpulenter, mächtiger Mann mit einer schmächtigen, gefügigen, ruhigen, zurückhaltenden Frau. Wenn er ausser Sichtweite war, steckte sie mir manchmal ein Paket Biskuits zu, die ich in einem geheimen Versteck schlemmte. Der Mann hatte aufgedunsene, rotgefärbte Wangen, bedingt von seinem Gewicht und seinem Alkoholkonsum zu später Stunde. Aber nie drang irgendein heikler Ton nach aussen; die beiden wirkten irgendwie zufrieden, was entweder von ,guter Miene zum bösen Spiel' zeugte, oder die Frau hatte ihren Mann tatsächlich gut im Griff.

Als die Frau starb, vereinsamte der Mann. Der Alkohol begann ihn zu dominieren, und wenn man ihm begegnete, nahm man stets einen Dunst von Alkohol um ihn herum wahr. Als Kind besorgte ich ihm oft seine Einkäufe. Da ich meistens ein kleines Geldstück oder etwas Süsses dafür erhielt, erledigte ich gerne diese Gänge zum nächsten Dorfladen. Doch einmal – wahrscheinlich

*hatte er zu diesem Zeitpunkt schon zu viel getrunken –
hielt er mich beim Verabschieden zurück: «Warte, ich
habe da etwas gesehen!» Mit einem Arm packte er mich
fest an der Schulter, mit der anderen Hand griff er unter
meiner Jacke nach meiner Brust. Ich riss mich los und
rannte nach Hause. Aufkeimende Wut stieg in mir hoch,
ich war enttäuscht und schämte mich. Nie mehr ging
ich für den alten Mann einkaufen; aber er fragte mich
auch nicht mehr danach. Ich mied auch seine Nähe, was
nicht schwierig war, da er sich oft in der Wohnung ver-
schanzte. Als er starb, spürte ich Trauer und Erleichterung zugleich.*

*In letzter Zeit taucht diese Szene oft in meinen Ge-
dankenbildern auf. Dabei frage ich mich manchmal, was
geschehen wäre, wenn ich ihn einfach hätte machen lassen. Irgendein Instinkt riet mir jedoch sogleich zu fliehen,
mich wegzureissen, den verdutzten Mann stehen zu lassen. Aufgrund meiner Biographie wäre die Variante des
Verharrens und Aushaltens naheliegender gewesen. Doch
etwas hielt mich davon ab, weiteres Leid zu ertragen, was
mich auch jetzt nach vielen Jahren noch stolz macht.
Offenbar können auch gedemütigte Seelen weiterem Unrecht widerstehen, wenn es die Situation zulässt.*

11

Gab es die Möglichkeit, mit 46 Jahren sein Leben nochmals neu zu ordnen, anders zu organisieren, neue Werte zu finden und danach zu leben? Oder musste der eingeschlagene Weg zu Ende gegangen werden, auch wenn man sich vielleicht in eine andere Richtung entwickeln mochte?

Heintzelmann tat mir nicht gut. Nachdem er das vereinbarte Stillschweigen über unsere kleine Eskapade eine Zeitlang bewahrt hatte, schien er sich nun nicht mehr daran halten zu wollen. Ständig fand er irgendeinen Vorwand, um mich persönlich aufzusuchen: «Jasmine, was hältst du davon?» Dabei streckte er mir irgendeinen Zettel hin, eine Produktanfrage, die überhaupt nicht in mein Ressort gehörte. Ich testete, verifizierte, überprüfte neue Artikel, überlegte mir einen möglichen Absatz, machte die Renditerechnung und versuchte, den Neuerwerb mit unseren Produkten abzustimmen. Wenn dann Anfragen der Kundschaft eintrafen, war es nicht mehr meine Angelegenheit, sondern seine als Bürochef. Allenfalls konnte er die Aufgabe jemandem delegieren, aber sicher nicht mir. Deshalb antwortete ich Heintzelmann mit einem strengen Blick: «Robert, nicht mein Business. Das weisst du doch!» Mit einem Lächeln zog er seinen Fackel wieder zurück: «Klar, weiss ich es. Aber ich wollte dich nur sehen, meine Schöne!» Nun war ich überrascht und irgendwie geschmeichelt. Aber bevor ich meiner Irritierung auch nur Ausdruck verleihen konnte, war er auch schon wieder verschwunden.

Wann hatte sich das letzte Mal ein Mann mit solchen verführerischen Worten um mich bemüht? Es war lange her! André und ich lebten zwar harmonisch nebeneinander – bis zu jenem schrecklichen Ereignis –, aber wir hatten irgendwann aufgehört, uns unsere Bewunderung füreinander zu zeigen. Offenbar geschah das häufig in Beziehungen. Mit der Zeit flachten die Gefühle ab; was vorgängig am Partner geschätzt, gesehen und bewundert wurde, begann Anstoss zu erregen. «Mein geliebter André, irgendwann haben wir uns verloren!» Meinen Gedanken konnte ich nicht länger nachgehen, denn meine Sekretärin kündete die Ankunft eines wichtigen Produktionspartners aus Übersee an. Ich kramte alle Unterlagen zusammen und machte mich sogleich auf den Weg ins Sitzungszimmer. Unterwegs begegnete mir Heintzelmann, der natürlich am Meeting auch teilnahm. Er sah mich mit tiefgründigen Augen an. Was war nur los mit ihm? Spürte er, dass André und ich unsere Scheidung bereits in den nächsten Tagen vollziehen würden? Niemandem hatte ich davon erzählt. Es sollte auch niemand davon erfahren; ich würde meinen Namen behalten. Nach aussen schien alles wie immer. Das war mir wichtig. Den Tratsch in der Firma wollte ich mir ersparen. Und Heintzelmann sollte sich auch ein wenig mässigen. Das wollte ich ihm demnächst mitteilen, wenn ich die Gelegenheit dazu hatte. Schliesslich gab es eine Übereinkunft.

Am Sitzungstisch sass er mir gegenüber. Ich glaubte zu spüren, dass er mich oft verstohlen betrachtete, wenn ich im Gespräch war. Es machte mich unruhig. Es kostete mich mehr Kraft und Energie als gewöhnlich, meinen Geschäftspartnern gegenüber locker und entspannt aufzutreten. Das bemerkte auch mein Vorgesetzter, der natürlich auch anwesend war, mir aber die Verhandlungen überliess. Oder vermutete ich es nur? Glaubte man in solchen Momenten, wenn man sich klein und verletzbar fühlte, die gesamte Welt würde alles mitbekommen? Hatten nicht alle Menschen mit ihrem kleinen, persönlichen Universum zu kämpfen, das sie gefangen und absorbiert hielt? War es ein Trugschluss von mir anzunehmen, ich wäre ein offenes Buch, dem man sich nur zuwenden müsste, um alles darin zu lesen, was gerade interessierte?

Das Meeting lief vielversprechend ab. Es war Usanz in unserer Firma, wichtige Geschäftspartner nach erfolgreichen Verhandlungen (die es dank meinem Verhandlungsgeschick zumeist waren), in ein piekfeines

Restaurant auszuführen. Natürlich waren hier auch Heintzelmann und mein Chef anwesend. Jetzt wäre es mir ein Anliegen gewesen, mich in meinem Büro mit einem Kaffee und einem Sandwich zu verbarrikadieren, aber das ging natürlich nicht. Gute Miene zum bösen Spiel, wie so oft. Was war dabei «böse»? Dass ich einer Firma dazu verhalf, den Umsatz zu erhöhen? Dass mein Mann und ich uns zu getrennten Wegen entschieden hatten? Dass ich mit Heintzelmann eine nicht astreine Vergangenheit aufzuweisen hatte, die mich nun angreifbar machte, aufgrund dessen ich nun nicht mehr so unbeschwert handeln, sprechen und agieren konnte? Wenn schon nicht Musikerin als Berufswahl in Frage gekommen war, dann hätte aus mir die geborene Philosophin werden können. Aber das war natürlich auch unmöglich gewesen.

Beim tödlichen Unfall meiner Eltern konnte ich nicht wirklich trauern. Ich spürte den Verlust, fühlte mich alleine (obwohl sich André sehr um mich kümmerte), aber weinen konnte ich nicht. Eine grosse Leere machte sich in mir breit. Vielleicht hätte ich dieses Gefühl nutzen müssen, um meinem Leben nochmals eine neue Wende zu geben. Aber dafür fehlte mir der Mut. Vielleicht fühlte ich auch eine moralische Schuld meinen Eltern gegenüber, weshalb sich mir die Notwendigkeit aufdrängte, meinen eingeschlagenen Weg weiterhin zu beschreiten und zu verfolgen. Erst später begann ich Tränen zu vergiessen; später, als ich realisierte, dass meine Welt eine konstruierte war.

Heintzelmann machte mich nervös. Obwohl ich nicht neben ihm sass, spürte ich seine Präsenz. Er war absolut nicht der Typ Mann, auf den Frauen standen. Wer ihn nicht näher kannte, könnte sogar das Gefühl haben, er würde sich von Männern angezogen fühlen. Aber das konnte ich mir nicht vorstellen. Zu sehr war unsere gemeinsame Nacht noch präsent. Eigenartig! Neben André hatte ich nur wenige amouröse Bekanntschaften gehabt. Aber keine blieb mir so sehr in der Erinnerung haften wie jene mit Heintzelmann. Ob es ihm gleich erging? Oder konnte ich nicht loslassen, da wir tagtäglich miteinander zu tun hatten?

Ich gab es nicht gerne zu, aber in diesen Zeiten war seine Präsenz tatsächlich eine Art Trost für mich. Ich war froh, ihn zu sehen – auch wenn es mich gleichzeitig verwirrte. Aber sein lustiges, aufheiterndes Wesen brachte etwas in mir zum Schmelzen. Bei ihm fühlte ich mich irgendwie entspannt, vielleicht authentisch; dennoch hatte ich den Eindruck, mich sehr zusammenreissen zu müssen. Ich hätte ihn gerne näher kennengelernt, aber unsere berufliche Konstellation liess es nicht zu. «Beginne nie etwas im geschäftlichen Umfeld, das ist der Anfang des Untergangs!» Noch deutlich hörte ich die eindringlichen Worte einer ehemaligen Freundin, die es wohl wissen musste, denn sie leitet heute ein grosses Imperium mit Tausenden von Mitarbeitern. Aber was war mit all den anderen weiblichen Aspirantinnen, die sich nach oben «gevögelt» hatten? «Jasmine, hör auf. Jetzt wirst du ordinär, fast vulgär. Wahrscheinlich macht sich bereits der schwere Rotwein bemerkbar!» Eine Stimme in mir bat um diskrete Enthaltsamkeit und bescheidene Diskretion. Ich musste mich zusammenreissen.

12

Wann begann es mit meinem Vater? Oder dem Mann, den ich bis dahin als solchen bezeichnet hatte? Es ist schwierig, den Zeitpunkt im Nachhinein genau zu definieren. Vielleicht war ich vier oder fünf Jahre alt. Ich sehe noch seine glänzenden Augen, als er meine Hand nahm und sie langsam an das Ding führte, das sich zwischen seinen Beinen befand und sich auf merkwürdige Weise vergrösserte. Fast schien es mir, als ob dieses seltsame Organ unkontrolliert zu tänzeln begann. Seine glänzenden Augen, sein stierer Blick, sein Stöhnen. Es beängstigte mich und liess mich innerhalb weniger Sekunden sterben. Und trotzdem machte ich weiter, liess mich von seiner Hand führen, obwohl ich mich nur übergeben wollte. Meine erste Bekanntschaft mit dem männlichen Glied! Es sollte nicht die letzte sein! Diese Prozedur wiederholte sich öfters – meistens, wenn die Mutter ausser Haus war. Später begannen sich seine dicken Handwerkerfinger Zugang zu meinem Unterleib zu verschaffen, wobei sie wild an einer bestimmten Stelle rieben, während ich sein Pendant zu bearbeiten hatte. Noch später drang er mit seinem wulstigen Finger in mich ein. Es schmerzte, tat körperlich weh. Aber noch viel schlimmer war der psychische Schmerz, auch wenn ich ihn damals nicht so benennen konnte. Etwas war in mir zerbrochen, hatte meine kind-

liche Unbeschwertheit zerstört. Etwas war in mir gestor-
ben. Fortan betrachtete ich meinen Vater mit anderen
Augen. Er selbst wurde für mich inexistent. Zwar lebten
wir unter dem gleichen Dach zusammen, zwar sassen
wir am gleichen Esstisch, schauten die gleichen Filme
zusammen an, benutzten die gleiche Wohnungstür. Aber
für mich war er gestorben – so wie ich mich selbst auch
fühlte.

Es folgten lange, harte Jahre. Ich hatte mich sei-
nem Willen und seinen sexuellen Wünschen zu fügen,
manchmal sogar unter grober Gewalt. Als ich zum ers-
ten Mal seinen Penis oral befriedigen musste, erbrach
ich mich in der Folge unter krampfhaftem Weinen. Da
schlug mich mein Vater hart ins Gesicht. Von da an
musste ich mir eine Strategie erarbeiten, wie ich all die
Pein ohne irgendwelche Emotionen oder Regungen über
mich ergehen lassen konnte. Natürlich wurde alles noch
schlimmer. Als er das erste Mal in mich eindrang, litt ich
höllische Schmerzen. Er war brutal und kümmerte sich
absolut nicht um mein Wimmern, das ich beim ersten
Mal nicht unterdrücken konnte. Vielleicht hatte er so-
gar das Gefühl, dass es mir Vergnügen bereiten würde.
Keine Ahnung. Ein von seinen Hormonen geleiteter Bul-
le sieht die Welt nur noch in seiner erbärmlich kleinen

Welt, die sich blumig um seine gestörte Egozentrik dreht und infolgedessen alles erlaubt. Meine Mutter? Das war eine eigene Geschichte.

Sie tat, was sie konnte. Sie hatte Mühe, Gefühle zu zeigen. Sie hatte Schwierigkeiten, zu ihren eigenen Bedürfnissen und Wünschen zu stehen. Doch auch mein Leiden konnte sie nicht wirklich sehen. Hatte sie vom Leben mehr erwartet und zerbrach an der Härte der Realität, die sich bald in ihr Leben schlich? Um bei meinem Vater zu bestehen, musste sie ihm ebenbürtig entgegentreten, was offenbar nur unter Einfluss von Alkohol möglich war. Aber eigenartigerweise konnte sie nach einem Vollrausch tagelang abstinent leben; bei meinem Vater verhielt es sich anders, weswegen er auch ständig einen säuerlichen Alkoholdunst verbreitete. Aufgrund seines Suchtverhaltens war es natürlich für ihn noch schwieriger, eine Arbeitsstelle längerfristig zufriedenstellend auszuführen und zu behalten. Ein Teufelskreis, der nicht zu durchbrechen war. So war ich oft mit meinem Vater während des Tages allein zu Hause, was die Gelegenheiten für die sexuelle Gewalt begünstigte. Meine Mutter putzte neben ihrem Fabrikjob oft an den freien Nachmittagen bei zwei Familien, um unser Budget ein wenig aufzubessern. Morgens stand sie sehr früh auf und kochte für uns vor. Ich selbst musste nach der Schule das vorbereitete Mittagessen aufwärmen und danach die Küche aufräumen, während mein Vater es sich im Wohnzimmer vor dem Fernseher gemütlich machte. Natürlich bei einer Flasche Wein oder Bier. Wenn ihm danach war, musste ich ihm gefügig sein – quasi als Dessert. Anschliessend musste ich die Einkäufe machen, wobei ich natürlich seine obligatorischen Bierflaschen nicht vergessen durfte. Meiner Mutter war es lieber, dass ich jeden Tag die Einkäufe tätigte. Sie erhoffte sich wahrscheinlich auf diese Weise, dass die Nachbarschaft weniger von der Alkoholsucht mitbekam. Hätte meine Mutter etwas bemerken müssen? Auf jeden Fall, wobei ich ihr nicht wirklich böse sein konnte! Heute bin ich der festen Überzeugung, dass es jede Mutter spüren müsste, wenn es ihrem Kind nicht gut ging. Allerdings hatte sie schon zu früheren Zeiten begonnen, sich nicht für mich und meine Gefühle zu interessieren. Sie war damit ausgefüllt zu funktionieren, schlimme seelische und körperliche Demütigungen zu erleiden und dabei den Glauben an die Welt und sich selbst nicht zu verlieren. Ich konnte nicht wirklich nachtragend sein! Es würde ihrem Charakter nicht gerecht werden.

Nach Vaters Tod rührte meine Mutter selbst keinen einzigen Tropfen Alkohol mehr an. Mit seinem Ableben schien sich irgendetwas von ihr abzulösen. Sie konnte nun über ihre Schritte selbstständig entscheiden, auch wenn damit vielleicht Angst verbunden war. Sie muss-

te sich nicht mehr «betäuben», um die häusliche Misere auszuhalten. Obwohl nach seinem Tod geknickt und um Jahre gealtert, schien ihr Auftreten selbstbewusster zu werden. Sie tat mir leid. Ich war ihr nicht wirklich böse. Ihre Unterlassungen mir gegenüber hinterliessen nur wenig Groll. Oder liess ich es einfach nicht zu, weil ich mich dann an gar nichts mehr hätte halten können? Immer noch lag das Kuvert mit den Dokumenten auf meinem Küchentisch. Bis jetzt hatte ich dessen Durchsicht noch nicht gewagt. Die Zeit musste dazu reifen. Wahrscheinlich spürte ich, dass mir die Dokumente all meine Kraft abverlangen würden.

13

So also fühlte es sich an, wenn man nach über 30-jäh-
rigem Lebensweg zu zweit vor dem Scheidungsrichter
den einzigen noch gemeinsamen Termin erlebte, der die
Trennung voneinander endgültig vollziehen würde. Nie
zuvor hatten wir miteinander gestritten, nur ab und zu
diskutiert, manchmal heftiger als üblich, aber eigentlich kaum der Rede wert. Wir galten als absolut harmonisches Paar und vermittelten diesen Eindruck weiterhin, als wir uns seelisch schon voneinander zu lösen
begannen, genauer: als ich zu André nicht mehr hoch-
sehen konnte und den Respekt ihm gegenüber verloren
hatte. Vor dem Scheidungstermin trafen wir uns zu einem Drink. Es war mir ein Rätsel, warum diese dumme
Idee umgesetzt wurde. Hatte André mir den Vorschlag
unterbreitet? Oder hatte ich in einer sentimentalen An-
wandlung den originellen Geistesblitz ausgesprochen?
Irgendwie war es klar, dass wir uns eine Stunde vor dem
Termin trafen, um uns einen sogenannten Abschieds-
drink zu genehmigen. Ein blöder Plan!

Plötzlich standen Vorwürfe im Raum. Hatte ich damit begonnen? Eigentlich wollte ich ihm doch nur zu
erklären versuchen, wann und wie das Auseinanderdrif-
ten begonnen hatte. Weshalb er sich gleich dazu berufen
fühlte, zurückzuschmettern: «Du hast mich in meinen

schwersten Zeiten fallen lassen, bist nicht zu mir ge-
standen, hast mich deine Abscheu und deinen Ekel täglich spüren lassen!» War das denn möglich? War ihm
bewusst, wie ich selbst mit diesem Albtraum zu kämpfen hatte? «Ich habe sehr wohl zu dir gehalten! Aber du
warst in deiner Introvertiertheit gar nicht ansprechbar!
Du hast dich in dein Schneckenhaus zurückgezogen und
warst für niemanden da, nicht einmal für Eric!» Obwohl
ich es nicht gewollt hatte, wurde meine Stimme lauter.
Die Leute begannen bereits, sich nach uns umzudrehen.
«Lass Eric aus dem Spiel! Hat dich dein Sohn jemals interessiert? Hast du dich jemals ernsthaft gefragt, wie es
ihm geht?» Auch seine Stimme erhob sich und begann
zu zittern. Das war nun aber wirklich eine Frechheit, die
ich mir so nicht bieten lassen konnte. Mit einem Knall
setzte ich mein Glas, aus dem ich soeben getrunken
hatte, auf den Tisch. Ein Schluck schwappte über den
Rand. Ich fühlte Rage in mir aufkommen: «Du meinst,
ich hätte Eric vernachlässigt? Hast denn du mit deiner
übertriebenen Fürsorglichkeit den Jungen tatsächlich in
seiner Entwicklung so gefördert, wie es gut für ihn ist?
Hast du aus ihm nicht ein vaterbezogenes kleines Ent-
lein gemacht, das nicht gross werden will und ohne den
Rat des Vaters keinen eigenen Schritt tun kann!?!» Das
war nun tatsächlich zu viel für André und wahrscheinlich auch sehr gemein. Wortlos stand er auf und verliess

die Bude, was wahrscheinlich der Bedienung hinter dem Tresen nur Recht war, denn sie beäugte uns schon seit einer Weile, ohne tatsächlich einzugreifen. Mir blieb nichts anderes übrig, als die Zeche zu bezahlen – im wortwörtlichen Sinn. Mit einem sarkastischen Grinsen dachte ich daran, dass ich sogar bei unserem letzten Treffen noch für das Finanzielle zuständig war. Wie toll doch die Emanzipation war!

Die Gerichtsverhandlung verlief kurz und knackig. Noch eine obligate Frage des Gerichtspräsidenten, ob eine erneute Annäherung und Versöhnung in unserer Ehe noch möglich wäre und ob wir beide die Scheidung definitiv wollten. Konsterniertes Nicken meinerseits, wobei ich in den Augenwinkeln zu André schielte. Es blieb dem Gerichtspräsidenten nicht verborgen. Erwartungsvoll schaute er mich an, danach André, der ein Pokerface mit verhärteten Zügen zeigte und heftig nickte. Also wurde unsere Ehe aufgelöst. Es verging keine halbe Stunde und wir waren geschieden: Das Sorgerecht ging an beide Elternteile, Eric sollte aber (auf seinen Wunsch hin) vor allem beim Vater leben. Ich durfte mich mit zwei Wochenenden pro Monat und drei gemeinsamen Ferienwochen zufriedengeben. Alimente musste ich natürlich zahlen, da sich mein Salär «erfreulicherweise» in den oberen Bereichen bewegte. Komisches Gefühl. Nun durfte ich mich als geschiedene Frau und zahlende Wochenendmutter bezeichnen. Wie demütigend! Das hatten wir uns in jungen Jahren für unsere Beziehung sicher nicht so gewünscht.

Bilder zogen vor meinem geistigen Auge vorbei. Ich war wieder die attraktive Frau, die dem gutaussehenden Mann mit einem strahlenden Gesichtsausdruck das Ja-Wort gab und ihn anschliessend innig küsste. So intensiv, dass sich der uns trauende Pfarrer genötigt fühlte, sich kurz zu räuspern. Meinen André hatte ich in den Hafen der Ehe geführt. Seit unserer Jugendzeit waren wir zusammen. Wir waren das perfekte Paar und schienen uns gut zu ergänzen. Es störte ihn nicht, dass ich eher den intellektuellen und er eher den praktischen, handwerklichen Part einnahm. Natürlich verdiente ich einiges mehr als er. Aber nie gab es deswegen Vorwürfe. André war ein moderner, junger Mann, der nicht den Macho in allen Belangen herauskehren musste. Dafür liebte ich ihn umso mehr. Mit einer gewissen Schadenfreude trat ich in seiner Gegenwart auch meinen Eltern gegenüber, die ihn zwar akzeptierten, aber gerne einen anderen Schwiegersohn begrüsst hätten, einen jungen Mann mit einer vielversprechenden Zukunft, der mir ebenbürtig gewesen wäre. Was auch immer das zu bedeuten hatte!

Wäre das einschneidende Ereignis in Andrés Schule nicht geschehen, wären wir wahrscheinlich immer noch ein glückliches und harmonisches Paar. Natürlich spürte ich auch Schuldgefühle. Von einem Antistresstraining im Zusammenhang mit meiner Managementstellung wusste ich, dass Menschen in Konfliktsituationen und drohenden Gefahren irrational reagierten, unglaubliche Ängste erlebten oder sogar Schockzustände erfahren konnten. In der Theorie war ein solches Wissen gut zu verstehen, aber nicht, wenn es Menschen aus den eigenen Reihen oder sogar aus der eigenen Familie betraf. An André gefiel mir vor allem seine körperliche Stärke, seine praktische Logik, sein Sinn für alltägliche Zusammenhänge, sein Vermögen, Ruhe in heiklen Situationen zu bewahren. Ich hatte stets den Eindruck, dass mir an Andrés Seite nichts Negatives oder Böses geschehen konnte. Alles hätte ich bestimmt im Griff, wenn nur mein Mann in meiner Nähe wäre. Hatte ich ihn in all den Jahren in diese Rolle hineinkatapultiert und sein wahres Wesen nicht gesehen oder gar nicht wahrhaben wollen? War ich ihm die unterstützende Partnerin, die er sich an seiner Seite gewünscht hatte? Es war müssig, mir über solche Fragen Gedanken zu machen. Fakt war: Wir waren geschieden! Unsere Wege liefen definitiv auseinander!

14

Heute war der Tag gekommen, an dem ich mich reif für das Kuvert mit den Dokumenten fühlte. Wie sich das anhörte! Jahrelang hatte ich gespürt, dass etwas mit unserer Familie nicht stimmte und nun sollte ich Gewissheit über die Adoption oder zumindest Angaben dazu bekommen. Wie konnte ich mir da nur so sicher sein? Ich spürte es! Eigentlich staunte ich über mich selbst, dass ich den Umschlag eine gefühlte Ewigkeit vor meinen Augen herumliegen liess. Dabei war ich von jeher ein ungeduldiger Mensch. Vielleicht weil ich stets den Eindruck gehabt hatte, mein Schicksal einfach aushalten zu müssen. Dieses Gefühl beschlich mich noch heute. Eigentlich paradox: Etwas aushalten zu müssen, aber gleichzeitig ungeduldig auf etwas Neues, Besseres, Erlösendes zu warten! Brauchte ich diese vermeintlichen Gegensätze, um mein Leben überhaupt bewältigen zu können? Eigentlich spielte es keine Rolle. Die beiden Pole spürte ich in mir, sie gehörten zu meinem Dasein, seitdem ich denken konnte. Ein Arzt würde hier vielleicht bereits von einer multiplen Persönlichkeitsstörung sprechen. Deshalb gab ich in der Vergangenheit, diktiert von meinen Erfahrungen, stets nur wenig von mir preis.

Mit 25 Jahren erlitt ich bei der Arbeit einen Nervenzusammenbruch. All die wechselnden Partnerschaften hatten mir zugesetzt. Ich fühlte mich unattraktiv und hatte den Eindruck, als Frau nicht zu genügen – vor allem sexuell. «Warum nur dieser verdammten Sexualität dermassen viel Gewicht beigemessen wird!» Der Gedanke schoss mir wieder und wieder durch den Kopf. Eine Welt, gesteuert und regiert durch den Sex: brutalen, herzlosen Sex. Ich musste mich mässigen. Die Bitterkeit tauchte wieder in mir auf, ich konnte sie sogar in meinem Mund schmecken. War das immer noch der süsssäuerliche Geschmack seines verdammten Penis? Warum nur diese Bilder nie aus meinem Kopf verschwanden! Irgendwann musste doch Schluss damit sein!

Nach dem psychischen Zusammenbruch erfolgte ein Aufenthalt in einer psychiatrischen Klinik, bei dem ich zum ersten Mal mit dem Begriff der Persönlichkeitsstörung in Berührung kam. Wie lächerlich! Da erlebte man jahrelang körperliche und seelische Misshandlungen, und Jahre später sollte ein Begriff die gesamten Auswirkungen als «Produkt» bündeln und definieren. Einfach lächerlich! Entwickelt vielleicht sogar von Männern, die ihrerseits diesbezüglich keine reine Weste hatten! Ich musste aufhören, solche Gedankengänge waren destruktiv für mich. In der Klinik hatte ich schnell erfolgreich realisiert, wie ich mich verhalten musste, um als «wieder gesellschaftsfähig» entlassen zu werden. Menschen liessen sich auf vielfältige Arten gerne täuschen, wenn damit ihr vermeintlicher Erfolg oder die Wichtigkeit ihrer Persönlichkeit wohlwollend manifestiert wurde. Darin konnte ich mich gut manövrieren, da war ich mit der Zeit eine absolute Expertin.

Obwohl ich seit Jahren kaum Alkohol trank, schenkte ich mir ein Glas Prosecco ein, bevor ich das Kuvert öffnete. Bier und Wein ödeten mich an – da sah ich meine Eltern in ihrem trostlosen Leben. Aber Sekt schmeckte mir in angemessenen Mengen. Niemals wollte ich meine Kontrolle verlieren. Deshalb war der Nervenzusammenbruch für mich auch eine persönliche Demütigung.

Die Unterlagen, die ich dann in den Händen hielt, verwirrten mich zunächst. Ich verstand nur Bahnhof. Von einer Klinik im Tessin war die Rede, zudem von einer drogenabhängigen Kindsmutter (ohne aufgeführten Namen) und einem unbekannten Kindsvater. Als ich weiterlas, stockte ich zum ersten Mal. Offenbar hatte die drogenabhängige Mutter am Tag meiner Geburt Zwillingsmädchen geboren, die beide zur Adoption freigegeben wurden. Erst jetzt dämmerte es mir langsam: War ich eines dieser Mädchen und lebte irgendwo eine Schwester von mir, die auch nichts von ihrer Herkunft und ihrer Adoption wusste? Die Unterlagen las ich mehrmals durch. Ich musste mir selbst gegenüber meine

Vermutung bestätigen – immer und immer wieder, bis mir klar war: Ich war die leibliche Tochter einer drogenabhängigen Frau, die mich und meine Schwester nach der Geburt gleich zur Adoption freigegeben hatte. Es war ein Schlag ins Gesicht! Was schmerzte mehr? Die Tatsache, dass meine Eltern mir all die Jahre hindurch nicht nur meine Wurzeln verschwiegen, sondern mir auch meine Zwillingsschwester vorenthalten hatten? Dass sie nicht in der Lage waren, mir ein Heim mit Geborgenheit und Sicherheit zu bieten? Dass sie im Gegenteil mir das Leben zur Hölle gemacht hatten? Oder peinigte mich einfach der Gedanke, dass meine leibliche Mutter mich und meine Schwester nicht haben wollte, nicht haben konnte?

Ich sass stundenlang am Tisch, starrte ins Ungewisse und grübelte. Der Inhalt der Prosecco-Flasche hatte deutlich abgenommen, aber es war mir im Moment egal. Wie wäre mein Leben verlaufen, wenn ich bei meiner wirklichen Mutter aufgewachsen wäre? Hätte ich dann vielleicht noch Schlimmeres erlebt? (Als ob das noch möglich wäre ...) Es half nichts, ich musste mich mit der neuen Situation auseinandersetzen. Meine Adoptivmutter müsste mir dabei helfen. Zwar verspürte ich eine grosse Wut in mir, dass ich in all den Jahren nichts von meiner wirklichen Herkunft gewusst hatte. Aber nun empfand ich meiner Adoptivmutter gegenüber – wie eigenartig sich dieser Ausdruck doch anfühlte – eine gewisse Dankbarkeit. Ich war froh, dass sie doch noch den Mut gefunden hatte, mir die Unterlagen auszuhändigen. Über vorgefallene Ereignisse den Deckel des Vergessens zu stülpen, ist oft einfacher. Genauer hinzuschauen und seine eigene Rolle und deren Handlungen zu hinterfragen, stellt eine grosse Herausforderung dar. Meine «Mutter» war offenbar gewillt, sich der Vergangenheit zu stellen. In diesem Moment fühlte ich mich ihr sehr nahe. Ich spürte, dass ich ihr schon lange verziehen hatte. Sie hatte getan, was sie konnte. Sie hatte in ihrem Leben viel gelitten. Ich wusste, dass ich sie aufsuchen musste. Aber es sollte ein versöhnliches Treffen sein. Vielleicht konnte sie mir von damals erzählen. Ich spürte, dass ich nun eine neue Aufgabe bekommen hatte. Denn natürlich musste ich mehr über meine leiblichen Wurzeln und meine Vergangenheit erfahren. Auch wenn es möglicherweise schmerzte.

15

Nach dem Scheidungstermin verliessen wir wortlos das Gerichtsgebäude. Keiner von uns machte Anstalten, den anderen zu einem Gespräch zu bewegen. Meine Kehle war ausgetrocknet; ich hatte den Eindruck, nie mehr ein nettes Wort oder ein Lächeln über meine Lippen zu bringen. Auf der Strasse hielten wir kurz inne und schauten einander erwartungsvoll an. Aber immer noch diese bedrückende Stille. Nur die Augen versuchten in Worte zu fassen, was die Lippen nicht zustande brachten. Vielleicht war es auch nur Verzweiflung, die sich in den Blicken widerspiegelte. Ein magisches Band schien uns noch aneinander zu halten. Endlich lösten wir uns voneinander, drehten uns um und schlurften mit zaghaften Schritten in gebückter Haltung und gedrückter Stimmung davon. Ça y est! Das war es gewesen!

Zu Hause fühlte ich eine übertrieben heitere Aufbruchstimmung. Ich begann, die noch immer herumstehenden Umzugskartons in mein Pult einzuordnen und staunte darüber, was sich alles in den Schachteln befand. Beim Einpacken hatte ich keine Zeit gehabt, die Unterlagen durchzusehen und auszumisten. Unkontrolliert hatte ich meine vielen Habseligkeiten in Taschen, Kartons und Koffer geworfen. Vielleicht war das auch gut so; ansonsten hätte ich mich wahrscheinlich von Dingen getrennt, die ich nun vermissen würde.

In einer Mappe lagen lose ein paar Gedichte von mir, die ich als junge Frau geschrieben hatte und von denen eines mich nun zu Tränen rührte. Ein Schleier überschattete meine Augen, das Lesen war erschwert:

Fremdgesteuerter Traum

Wenn sich die Zeit erhellt,
gehst du deinen Weg.
Du pflügst Furchen in deine Lebensabschnitte,
gibst dich gelassen,
doch in Tat und Wahrheit
lässt du die Ereignisse über dich ergehen.
Du überlässt dich anderen,
anstelle selbst die Zügel in die Hände zu nehmen.

Wo bist du, weisser Stern oder lichtes Glück,
um den Weg aufzuzeigen?
Geknickt durch schlechte Erfahrungen,
die dich am Boden zu zerstören drohen.
Lebe deinen Traum!
Aber wer definiert ihn mir?
Fast täglich verändert er sich.
Es braucht Jahre, ja Jahrzehnte,
um herauszuspüren,
welche Schatten mein eigener Traum wirft.

Ich sah mich wieder als junge, hübsche, kecke Frau, die glaubte, das Leben gehöre nur ihr. Ein Mädchen, das die Welt entdecken und erobern wollte, das etwas bewirken und dabei gleichzeitig in ihrer Persönlichkeit wachsen wollte. Was war davon übriggeblieben, was hatte ich davon realisiert? Nicht viel! Das Urteil fiel hart aus, wenn ich streng mit mir ins Gericht ging! Schon wieder Justiz ... Es war für heute einfach zu viel!

Eine unbeschreibliche Trauer überkam mich. Ich hatte soeben meinen Mann verloren und auch zu meinem Sohn hegte ich keine starken Muttergefühle. Hatten sie jemals existiert und hatte ich André wirklich geliebt? Es war heute schwer zu sagen! Er war einfach der tolle, lässige Junge aus der Schulzeit, um den sich viele Girls bemühten – auch diese blöde Beatrice, wie lächerlich! Ich musste ihn dann einfach für mich gewinnen, was mir ja auch recht gut gelang. Eigentlich waren wir doch ein glückliches Paar. Eigentlich oder vielleicht jetzt doch im Rückblick konstruiert? Warum musste ich nur dauernd an diese Beatrice denken, dieses kräftige Bauernmädchen, das sich mit Buben herumbalgte? Hatte ich Schuldgefühle? So ein Quatsch! Aber irgendwie ging mir Beatrice nicht mehr aus dem Kopf. Dabei wollte ich absolut keinen Gedanken an sie verschwenden. Uns verband nichts, gar nichts. Vielleicht ein Schwärmen für den gleichen Mann. Aber es war doch absolut klar, dass Beatrice bei André nie im Leben reelle Chancen gehabt hätte. Es war eigenartig, dass mich Beatrice so sehr beschäftigte, seit ich sie im Firmenflur erspäht hatte.

In dieser Nacht schlief ich wenig. Ich wälzte mich eine gefühlte Ewigkeit im Bett herum. Obwohl ich todmüde und erschöpft war, kreisten die Gedanken und Bilder in meinem Kopf wild durcheinander. Durch meinen Job war ich es gewohnt, komplexe und komplizierte Herausforderungen anzunehmen und zu bewältigen. Aber nun half mir meine ausgeprägte Fähigkeit zur Selbstkontrolle überhaupt nichts. Es rotierte in meinem Gehirn. Mein Herz vibrierte so sehr, dass ich erneute gesundheitliche Beeinträchtigungen oder Folgen befürchtete. Ich fühlte mich alleine, unendlich alleine in einer grossen, weiten, brutalen Welt. «Wenn ich jetzt sterbe, hilft mir niemand!» Dieser Gedanke war mehr als ernüchternd. Da versuchte man über Jahrzehnte hinweg, sein Bestes zu geben, den anderen zu gefallen, erfolgreich zu sein, dabei auch noch eine gute Figur zu machen – und plötzlich fand man sich allein in einem Bett wieder, kämpfte mit inneren Dämonen, die einem den Verstand raubten und den Körper peinigten, ohne jegliche Unterstützung oder Hilfe von vertrauten Menschen. Wie erbärmlich das doch war! Es musste sich etwas ändern!

Gedanken an ein schlimmes Ereignis vor zehn Jahren tauchten auf: Ich war geschäftlich absolut überlastet und überfordert. Da ich mich auf der beruflichen Überholspur befand, gehörten 12-Stunden-Arbeitstage zu meinem normalen Alltag; zudem nahm ich oft Dokumente mit nach Hause, die ich am Wochenende bearbeitete, wenn es irgendwie ging. André hatte grosses Verständnis, doch las ich in seinen Augen oft Vorwürfe, wenn er mit dem kleinen Eric alleine einen Sonntagsausflug unternahm. Obwohl ich mir trotz des grossen Arbeitspensums immer wieder auch kleine Vergnügen erlaubte, schlug mein Körper Alarm; er kollabierte. André fand mich nach der Rückkehr eines Zoobesuchs bewusstlos am Boden: Herzrhythmusstörungen! Nachdem ich mich wieder einigermassen erholt und der Arzt mir dringend mehr Ruhe und Entspannung verordnet hatte, kündigte ich meine herausfordernde Managementstelle und arbeitete von nun an als Product-Managerin. Es war ein klarer beruflicher Rückschritt. Dafür hatte ich jedoch von da an geregelte Arbeitszeiten, fast ohne Überstunden.

In dieser Nacht entschied ich zwischen kurzen Schlummerphasen, mein Leben erneut von Grund auf umzugestalten. Wie ich es genau anstellen wollte, wusste ich noch nicht, aber es war mir klar, dass mein Lebensweg in eine andere Richtung verlaufen sollte. Dabei wollte ich auch den beruflichen Bereich nicht ausklammern. Und natürlich musste ich mit Beatrice sprechen.

Um einen Neustart zu wagen, musste ich mich von Altlasten trennen: Beatrice gehörte dazu! Ich hatte sie oft verletzt oder gemein behandelt; das musste ich klären. Als mir diese Erkenntnis bewusst wurde, fiel ich endlich in einen kurzen Tiefschlaf, den mein Wecker sehr früh beendete. Mit schweren Gliedern stand ich auf, immer noch von heftigen Eindrücken gezeichnet. Dabei konnte ich nicht mehr mit Klarheit definieren, ob es sich um einen Traum oder meine Gedanken gehandelt hatte. Aber dass ich etwas ändern wollte – dieses Bedürfnis blieb und drängte sich in mein Fühlen und Denken.

16

Ich wusste nicht, wie lange ich am Tisch sass und über den Dokumenten brütete. Es war mir auch nicht bewusst, wie viel ich an diesem Abend trank. Irgendwann schlief ich sitzend ein, wobei ich gleich darauf wieder völlig bei Bewusstsein war. Die wildesten Gedanken jagten und bekämpften sich in meinem Kopf. Ich wollte meiner Mutter ohne Vorwürfe entgegentreten, wenn ich sie treffen würde. Aber wie war es möglich, dass man ein adoptiertes Kind so grausam behandeln konnte? Eltern, die sich den Kinderwunsch nicht auf natürlichem Weg erfüllen konnten, die vielleicht schon viele Anstrengungen unternommen hatten, die jeden Monat ein Wechselbad der Gefühle durchmachten, das bei den ersten Anzeichen von Monatsblutungen seinen Tiefpunkt fand – wie konnten solche Menschen so grausam sein, wenn sie das Glück erhielten, ein kleines Baby in den Armen zu tragen, für das sie fortan verantwortlich sein würden? Es war nicht nachvollziehbar! Früher hatte ich immer geglaubt, es wäre mein Schicksal, in einer besonders schwierigen Familie mit einer heiklen Familienkonstellation aufzuwachsen. Nun bekam dieses Gefühl eine neue Dimension.

In meiner eigenen Benommenheit hatte ich gar nicht richtig realisiert, dass es da offenbar irgendwo eine

Schwester gab. Eine Schwester! Wie sich das anfühlte: eigenartig, bizarr, aber auch gut, ja sogar schön. Wohlige Gefühle stiegen in mir hoch. Als Kind hatte ich mir einen Bruder oder eine Schwester gewünscht, aber gleichzeitig auch gespürt, dass es vielleicht besser so war. Ich hätte nicht gewollt, dass ein Geschwister auch ähnliche Schmerzen und Leiden hätte erfahren müssen.

Irgendwo in dieser Welt befand sich eine Zwillingsschwester von mir, die wahrscheinlich auch nichts von ihrer Adoption und ihrem schwesterlichen Pendant wusste. Wie seltsam! Ich spürte ein absolut grosses Verlangen, Klarheit zu schaffen. Einerseits wollte ich erfahren, wer meine leiblichen Eltern waren, andererseits wollte ich meine Zwillingsschwester ausfindig machen. Es würde kein einfaches Unterfangen sein, das war mir klar. Aber ich musste alles daransetzen, Licht ins drückende Dunkel zu bringen. Es ging um meine eigenen Wurzeln, um meine Identität, um meine Persönlichkeit. Erst kürzlich hatte ich den Satz irgendwo aufgeschnappt: «Jeder Mensch hat ein Recht darauf, seine Herkunft zu erfahren und damit seine Wurzeln zu kennen.» Wie sehr mir nun dieser Gedanke mit voller Wucht einfuhr. Plötzlich erschien er mir unter einem anderen Aspekt. Ich war Teil eines Zwillingspaares, das seine

Wurzeln nicht kannte. Bei dieser Vorstellung fühlte ich eine abgrundtiefe Traurigkeit in mir. Weinte ich, obwohl ich irgendwie vor mich hindöste? Schrie ich in einer Art Delirium? Wo war die Mutter, die mich in den Arm nahm, mich beschützte, mich vor dem Bösen behütete? Wo war sie? Meine leibliche Mutter konnte es nicht, meine Adoptivmutter auch nicht. Wozu lebte ich denn überhaupt, wenn ich Geborgenheit weder erleben noch geben konnte? Ich hatte einen Punkt in meinem Leben erlangt, der mich zutiefst deprimierte – mehr noch als in meinen schlimmsten Kindheitszeiten. Jedoch war da gleichzeitig ein grosser Wunsch und ein sehnliches Bedürfnis nach Aufklärung! Es war mir nicht vergönnt, selbst eine Familie zu gründen. Die richtigen Männer dazu fehlten. Stets geriet ich an Kerle, die mich nur als Sexobjekte sahen. Ich fühlte mich minderwertig und machte keine wahrhaftigen Anstalten, mit seriösen Männern ins Gespräch zu kommen. Wahrscheinlich traute ich mir die Mutterrolle auch nicht zu, ebenso wenig wie die der liebenden Ehefrau. Aufgrund meiner Vergangenheit fiel es mir schwer, meine Seele zu öffnen. Meinen Körper gab ich einige Male hin, aber mein Herz war nicht wirklich dabei.

In dieser Verfassung machte ich es den Typen leicht, die darauf aus waren, eine Frau «abzuschleppen». Wie lächerlich sich das anhört: Der Mann schleppt die Frau ab, die es zulässt! Die Frau tut willenlos, was der Mann von ihr erwartet! Aber nun hatte ich genug gejammert. Ich musste mich der ganzen Situation stellen. Ich wollte Aufklärung! Es war mir ein Anliegen zu erfahren, woher ich kam, wo meine Wurzeln lagen und wo ich meine Schwester finden konnte. Es würde sich als schwieriges Unterfangen erweisen. Das war mir bewusst, aber ich wollte es angehen.

Bilder der Schule tauchten wieder auf, mit denen ich mich eigentlich gar nicht mehr auseinandersetzen wollte. Aber es war wie ein Fluch. Sie verfolgten mich. Bei jedem noch so kleinen Anlass waren sie da und forderten mich auf, mich ihnen zu stellen und sie anzuschauen. So ein Quatsch! Würde ich jemandem genau diesen Wortlaut mitteilen, die Person würde mich wahrscheinlich als irre bezeichnen. Genauso fühlte ich mich manchmal auch, aber da war tatsächlich dieser unwahrscheinlich starke Drang, hinzuschauen und mich mit den Bildern meiner Vergangenheit auseinanderzusetzen.

Meine Mutter – merkwürdig, jetzt müsste ich eigentlich von Adoptivmutter sprechen! – erlebte ich als Kind kalt und abweisend, ja manchmal sogar als gefühllos. Es gab selten zärtliche Momente. Wenn überhaupt, dann strich sie mir über die Stirn oder die Wange. Sie sprach nicht viel mit mir, aber erwartete, dass ich mich in ihrer Abwesenheit um den Haushalt kümmerte, so gut es eben ging. Ein lobendes Dankeschön durfte ich selten erwarten. Im Gegenteil, mit ihren strengen Blicken erkannte sie oft, was ich alles nicht gemacht hatte. Die erledigten Arbeiten waren offenbar selbstverständlich. Warum erkannte sie mit ihren durchdringenden Augen nicht auch, was mein Vater, mein Adoptivvater, mir angetan hatte? Einige Male hatte ich versucht, meiner Mutter gegenüber Andeutungen zu machen, aber sie verstand mich nicht und machte sich lustig über mich – sogar vor ihm! Wie fühlte ich mich gedemütigt und verraten! Waren die Augen meiner Mutter meinem Vater gegenüber einfach matt und abgestumpft?

Hatte sie ihm gegenüber jegliche Wahrnehmung verloren, weil es für sie so einfacher auszuhalten war? Und dann kam noch der Alkohol dazu – sie trank weniger als ihr Mann, Paul, mein lieber, böser, aggressiver, ekliger Adoptivvater. Es war wohl hier ratsam, einfach die Vornamen zu benutzen: Paul und Margaretha, meine fürsorglichen Eltern ...

Margaretha konnte schon fröhlich, ja sogar ein wenig ausgelassen sein, aber diese Momente waren selten. Oft schaute sie mich einfach traurig an, manchmal verzweifelt, manchmal böse. Wenn sie dann noch einen abwertenden Kommentar abgab («Die Hausarbeit könnte auch besser erledigt sein!»), dann konnte diese hingeworfene Bemerkung für Paul schon ausreichen, mich zu schlagen. Der Mann, der vielleicht vor ein paar Stunden seinen abartigen Sexualtrieb an mir abreagiert hatte, fühlte sich nun dazu berufen, mir eine Ohrfeige zu geben oder einen Tritt in den Hintern. Es war extrem! Fast nicht auszuhalten. Wenn meine Mutter zudem noch getrunken hatte, konnte es sein, dass auch sie mir gegenüber sehr ausfallend wurde und mich schlug.

Aber zum Glück waren diese Momente nicht so zahlreich. Schon um der Arbeit und des Lohnes willen musste Margaretha ihren Alkoholkonsum einschränken. Und im Grunde genommen war sie wahrscheinlich trotz vieler Unterlassungen und Fehler doch eine stärkere Person als mein Vater. Leider zeigte sie es ihm nie. So als hätte er die Macht über sie, benahm sie sich in seiner Nähe wie ein gehorsames, eingeschüchtertes, unselbstständiges Kind.

In der Schule hätte ich mir auch mehr Unterstützung von Familienmitgliedern gewünscht. Aber auf Margaretha und Paul konnte ich nicht zählen, natürlich nicht. Bis Jasmine auftauchte, hatte ich mir dennoch einen gewissen Respekt verschafft. Aber dann war sie da! Ständig hatte sie ihre Wochenendpartys, bei denen sie lauthals fast alle Kinder der Klasse einlud – nicht jedoch mich. Eigentlich hatte ich sowieso keine Lust, an ihren Feten teilzunehmen. Aber dieses Zeremoniell, das sie jedes Mal darum herum veranstaltete, machte mich fertig. Es schien mir, dass ich danach in der Klasse und allgemein in der Schule nicht mehr wirklich akzeptiert war. Niemand lachte zwar über mich in meiner Nähe, aber ich sah ihre Blicke, ich spürte ihr Tratschen hinter meinem Rücken, ich fühlte ihre Schadenfreude. Ich war das Mädchen, das sich mit Jungs schlug und das sich infolgedessen einen gewissen Status erkämpft hatte. Doch nun entstand bei den Mädchen eine andere Dynamik, die ich mir nicht richtig erklären konnte und die mich ausschloss. Jasmine war die Anführerin, die Chefin; nach ihrer Nase tanzten alle, zumindest alle Mädchen. Sie setzte den Trend für Aussehen, Kleidung, Benehmen, Schminke und Schmuck. Wer sich nicht daran halten wollte, war eine Hinterwäldlerin. Das wäre ja alles nicht so schlimm gewesen, wenn sie nicht begonnen hätte, mich bei den Lehrern anzuschwärzen. Wenn im Klassenzimmer etwas fehlte oder irgendetwas in Schieflage war, so galt ich als die Schuldige. Ich wusste nicht, warum Jasmine sich dermassen auf mich fokussiert hatte. Wehren konnte ich mich nicht wirklich. Jungs hätte ich geschlagen; bei Jasmine konnte ich das nicht, und verbal war ich ihr absolut unterlegen. Es war eine schwierige Zeit. Ich zog mich immer mehr in mein Schneckenhaus zurück. Das Kämpfen mit den Buben erschien mir manchmal so lächerlich, vielleicht weil sich Jasmine darüber lustig machte.

Womöglich war Jasmines Ablehnung mir gegenüber auch darin begründet, dass wir am gleichen Tag Geburtstag hatten. Eigentlich hätte ich mich darüber freuen müssen. Aber es war alles andere als toll. Jasmine schwenkte ein paar Tage vor ihrem Geburtstag mit zahlreichen Geburtstagseinladungen stolz herum. Fast die ganze Klasse war eingeladen, ich natürlich nicht. Um der ganzen peinlichen Situation noch eine Spitze zu geben, sprach sie mich vor versammelter Korona mit einer bittersüssen Stimme in einer gewaltigen Lautstärke an, so dass es auch der Schüler in der letzten Reihe hörte: «Ach, Beatrice. Ich würde dich ja gerne auch einladen, aber das geht doch nicht. Du organisierst ja sicher auch dein eigenes Geburtstagsfest. Da kannst du ja nicht bei mir teilnehmen.» Genüsslich schaute sie dabei zu ihren Freundinnen, die das Lachen unterdrückten. Jasmine machte mir in solchen Momenten schmerzvoll bewusst, wie einsam ich war und dass ich es vermutlich mein Leben lang bleiben würde. Dieses schwere Gefühl drängte sich mir plötzlich auf, ohne dass ich Kontrolle darüber hatte. Ich hasste sie: alles an ihr, ihren Reichtum, ihre schönen Kleider, ihr selbstbewusstes Auftreten, ihre Ausstrahlung, ihre Intelligenz.

Nur André war mein kleiner Trost. Als er dann die Schule verliess, fühlte ich mich ganz allein, obwohl er mir nie beigestanden hatte und wahrscheinlich auch gar nicht wusste, wie viel er mir bedeutete.

Die Abschlussfeier setzte einen Schlusspunkt unter meine Schulzeit und Kindheit, und darüber war ich nicht unglücklich. Zwar blieb das Martyrium zu Hause bestehen, aber wenigstens hatte ich mich nicht mehr mit Gleichaltrigen herumzuschlagen, die mir nur böse gesinnt waren. Wie sehr hatte ich mir Geschwister gewünscht. Vielleicht hätte ich dann mein Leid teilen können. Aber wenn ich mir diese Situation vorstellte, musste ich mir auch ehrlich eingestehen, dass ich niemandem mein Schicksal hätte offenbaren wollen, nicht einmal ansatzweise. Ich war fast daran zerbrochen! Jemand anders wäre möglicherweise daran gestorben ...

Natürlich klingt es krass. Manchmal fragte ich mich, wozu mein Leben überhaupt da war, was für ein Sinn hinter meiner Existenz steckte. Aber vielleicht machte ich mir diesbezüglich zu viele Gedanken. Vielleicht musste man einfach akzeptieren, dass es Leute gab, die vom Glück gesegneter waren als andere ... und umgekehrt ...

Auf jeden Fall hatte ich den Entschluss gefasst: Ich wollte meine leibliche Mutter und meine Schwester finden!

17

Ein neues Leben zu beginnen, war ein wundervoller Gedanke; aber wie stellte man es an? Konnte man am Morgen ins Büro kommen und allen zuwinken, dabei fröhlich lachend rufen: «Hallo, ich bin immer noch Jasmine. Aber ich bin nun eine andere und ich möchte mein Leben ändern!» Als ich am nächsten Tag zu arbeiten begann, spürte ich genau, dass ich wieder im gleichen Trott enden würde wie zuvor. Schliesslich kannte ich überhaupt nichts anderes. Aber um dagegen zu wirken, tat ich etwas, wozu ich mich absolut überwinden musste. Ich rief im Lager an und bat Beatrice darum hochzukommen. Noch vor ein paar Tagen wäre es mir peinlich gewesen, mich in meinem Büro mit jemandem wie Beatrice zu treffen, aber nun schien es mir unumgänglich. Um die Blicke der anderen wollte ich mir keine Sorgen machen; sie sollten denken oder tun, was sie wollten. Meine Karriere war eh nicht mehr in Stein gemeisselt. Als mir Beatrice gegenübertrat, erschrak ich. Sie wirkte abgemagert, ihr Gesicht ausgedörrt, ihre Augen hatten jeglichen Glanz verloren, die tiefen Augenhöhlen bildeten einen starken Kontrast zu ihrer blassen, fahlen Haut. Zum ersten Mal empfand ich so etwas wie Mitgefühl mit Beatrice. Zum ersten Mal wurde mir bewusst, dass sie wohl sehr viel gelitten hatte (wozu ich beigetragen hatte!)

und dass sie wahrscheinlich auch heute kein einfaches Leben führte!

Beatrice blieb einfach im Büro stehen. Ich bat sie Platz zu nehmen. Sie schaute mich mit erwartungsvollen, überraschten (vielleicht eingeschüchterten?) Augen an. «Bitte setz dich!» Kaum hatte ich es ausgesprochen, liess sie sich schwer in den Bürostuhl fallen. Eine kleine innere Stimme fragte mich, was ich hier tat; ich verscheuchte diesen Störenfried aber gleich wieder. Beatrice war nun hier und sah mich mit ausdruckslosen Augen an. Nun gab es kein Zurück mehr. Ich machte es kurz: «Beatrice, wir kennen uns von früher.» Sie nickte bestätigend. «Ich weiss, dass ich oft gemein zu dir war.» Wiederum ein bejahendes Nicken. «Frag mich heute nicht, warum. Ich weiss es selbst nicht genau. Ich kam in dieses Kaff, alles nervte mich. Du warst da, die anderen. Ich habe einfach meine Wut an dir ausgelassen!» Nun sah mir Beatrice direkt in die Augen. Ich meinte, ein Glitzern erkannt zu haben. «Ich hatte dazu kein Recht, denn dein Leben war wahrscheinlich nicht einfach.» Wiederum ein kurzes Nicken. «Aber glaube mir, auch mir ging es nicht gut. Natürlich entschuldigt es überhaupt nicht, dass ich mich über dich lustig gemacht habe.» Wiederum sah sie mich einfach nur an. Ich glaubte, einen glänzenden Schimmer über den Augen zu entdecken. Die weiteren Worte fielen mir nun sehr schwer. «Auch dass ich dir

André weggenommen habe, war nicht in Ordnung!» Ihr Blick hatte nun sogar etwas Feindseliges. «Ich weiss nicht, warum es so war. André und ich kamen einfach zusammen.» Wiederum ihr Blick, der nun einfach traurig wirkte. «Wir heirateten später und bekamen dann einen gemeinsamen Sohn.» Nun sprach Beatrice zum ersten Mal. «Schön», hauchten ihre dünnen, zarten Lippen. Zum ersten Mal realisierte ich, dass sich unter ihren Zügen etwas Liebliches verbarg. Warum war mir das früher nicht aufgefallen? «Aber André und ich sind nicht mehr zusammen!» Nun schaute mich Beatrice mit überraschten, fragenden Augen an. Las ich etwa in ihrem Blick Genugtuung, Schadenfreude? Jasmine, hör auf, schalt ich mich. Die alte Feindseligkeit musste abgelegt werden. «Wir haben uns vor ein paar Tagen scheiden lassen. Eric wohnt überwiegend bei seinem Vater!» Nun war sie ausgesprochen, die knallharte Wahrheit. Mit ein paar Sätzen hatte ich Jahrzehnte zusammengefasst und wiedergegeben. Natürlich hatten André und ich auch gute Zeiten gehabt, aber zählten die angesichts der heutigen Produktes? Wie ich es hasste, sogar in Beziehungsfragen ökonomisch zu denken. Aber ich konnte nicht anders: Es war eine «déformation professionelle», wie man sie häufig bei vielen Berufsgattungen findet.

Kaum hatte ich meine Worte beendet, meine Gedanken rasten wie irre im Schädel herum, da sackte Beatrice zusammen und begann fürchterlich zu weinen. Eine solche Reaktion hatte ich nicht erwartet! Ich wusste zunächst auch nicht, was ich tun sollte. Ich sass ihr einfach gegenüber, gelähmt, erschrocken, mitgenommen. Dann endlich nahm ich sie in den Arm und streichelte sie wie ein kleines Mädchen. Zu meiner Überraschung überkam mich dabei ein wohliges Gefühl ...

Und dann sprudelte es einfach aus mir heraus, ich kannte mich selbst nicht mehr. Ich erzählte Beatrice von meinem Leben, den Erwartungen meiner anspruchsvollen Eltern, dem Studium, meiner Heirat mit André, unserer zunächst glücklichen Zeit, der Geburt unseres Sohnes, den Schatten unserer Ehe und dem Beginn der Beziehungskrise, die schliesslich in die Scheidung mündete. Es tat so gut, mir alles von der Seele zu reden. Wir umarmten uns und liessen erst voneinander ab, als Heintzelmann eintrat und sich mit einem Räuspern bemerkbar machte.

Heintzelmann war irritiert, das sah ich ihm an. Beatrice war überrascht, aber in ihren Zügen sah ich auch Verständnis und eine gewisse Erleichterung. Mir war die Lage irgendwie peinlich, aber gleichzeitig spürte ich eine grosse Entlastung. Zum ersten Mal in meinem Leben hatte ich mit jemandem gesprochen, der mich zu verstehen schien, obwohl Beatrice kein einziges Wort auf meinen Redeschwall erwidert hatte. Aber ich fühlte mich, als sei ich irgendwo angekommen, wo ich geborgen und aufgehoben war. Das war so verrückt! Gleichzeitig spürte ich auch, dass sich mit meinem Schritt irgendetwas in mir zu lösen begann: Ich musste nicht mehr die hart arbeitende, strenge Product-Managerin sein. Ich durfte andere Gefühle zulassen. Neue Wesensanteile von mir schienen sich Gehör verschaffen zu wollen. Ich fühlte mich absolut euphorisch.

Beatrice und ich sassen uns immer noch nahe gegenüber. Als sich Heintzelmann ein weiteres Mal räusperte, stand Beatrice rasch auf und floh fast fluchtartig mit einem entschuldigenden Gemurmel. Ich rief ihr noch hinterher: «Ich melde mich wieder!» Aber sie war bereits weg. Heintzelmann sah mich immer noch ungläubig an: «Was war denn das?» Ich zuckte nur mit den Schultern und widmete mich wieder meiner Arbeit. Endlich zog er sich zurück.

18

Als ich Jasmine zum ersten Male nach so vielen Jahren im Managementbüro der Firma sah, war ich zunächst schockiert. Aber schon bald danach fühlte ich eine grosse Erleichterung, ja, ich empfand sogar so etwas wie Zuneigung zu ihr, was ich mir früher nie hätte vorstellen können. Für mich repräsentierte Jasmine stets ein privilegiertes Mädchen. Diese Fassade begann nun zu bröckeln. Das tat mir gut. Nicht, dass ich Schadenfreude erlebte – nein! Aber ich begann zu realisieren, dass es seelische Nöte und Probleme offenbar auch bei Menschen geben konnte, bei denen vordergründig alles in Ordnung schien. Jasmine hatte mich zum Essen eingeladen und mir eine Bedenkzeit eingeräumt. Doch ich spürte sogleich: Ich wollte mich zwar gerne mit ihr verabreden, vorher jedoch sollte noch das Treffen mit meiner Adoptivmutter, mit Margaretha, stattfinden. Als ich sie anrief, um mein Kommen anzukündigen, schien sie bereits darauf gewartet zu haben, denn sie wirkte nicht sehr überrascht. Ich war ihr dankbar dafür. Einige Aspekte in meinem Leben begannen sich zu ändern; eine Wandlung fand statt. Einerseits folgte ich den Spuren meiner Vergangenheit, andererseits begann ich gerade, mich mit erlebten schmerzhaften Traumata ausserhalb des Elternhauses auseinanderzusetzen. Ich spürte eine

unbändige Energie in mir, die sogleich eine heftige Lust
auf Veränderungen mit sich brachte.

Margaretha empfing mich mit selbstgemachtem Ku-
chen. Ich war überrascht. Ich konnte mich nicht mehr
daran erinnern, wann sie mich das letzte Mal mit
Selbstgebackenem verwöhnt hatte. Bei der Begrüssung
nahm ich sie in den Arm. Obwohl ich sie eigentlich nur
noch mit ihrem Vornamen ansprechen wollte, rutschte
mir «Mami» von den Lippen. Sie schien gerührt zu sein.
Als wir uns dann bei Kaffee und Kuchen gegenübersas-
sen, bat ich sie, mir alles von damals zu erzählen. Sie
räusperte sich. Doch dann brach sich ein Redeschwall
Bahn, den ich so von ihr nicht kannte: «Die Beziehung
zwischen mir und deinem Vater war schon nicht mehr
so gut. Ich habe darunter gelitten, dass ich offenbar kei-
ne Kinder haben konnte. Deinen Vater hat es nicht so
sehr gestört. Aber da ich mit der Kinderlosigkeit sehr
zu kämpfen hatte, war er damit einverstanden, dass
wir uns bei einer Kinderschutzstelle zur Adoption eines
Kleinkindes anmeldeten.» Ich wollte erfahren, ob es
schwierig gewesen war und ob sie lange hatten warten
müssen. «Eigentlich ging es recht schnell. Zur damali-
gen Zeit mussten angehende Eltern noch nicht so vie-
le administrative Formalitäten erfüllen wie heute. Wir

haben uns angemeldet, jemand ist zu uns nach Hause gekommen, und dann waren wir auch schon auf der Liste!» Margaretha musste meinen kritischen Blick bemerkt haben. «Ich weiss, was du meinst. Vielleicht hätten wir kein Kind adoptieren sollen. Vielleicht wäre es besser gewesen. Aber glaube mir, Paul war früher nicht so! Irgendwie hat er sich nach der Adoption verändert! Und dann hat er seinen festen Job verloren. Das hat alles durcheinandergebracht! Danach hat er es einfach nicht mehr richtig auf die Reihe gebracht!» Sollte ich meiner Mutter von den sexuellen Übergriffen erzählen? Ich war mir nicht sicher, ob sie darüber Bescheid wusste. Sollte ich nun die positive Entwicklung unserer Beziehung aufs Spiel setzen? Was, wenn Margaretha die Ungeheuerlichkeiten nicht glauben wollte? Ich verkniff mir vorderhand jegliche Andeutung, wollte aber mehr über meine leibliche Mutter erfahren. Margaretha seufzte: «Sehr viel wussten wir nicht.» Sie zögerte; erst als ich sie aufforderte, mir alles mitzuteilen, was ihr bekannt war, fuhr sie seufzend fort: «Offenbar war deine Mutter drogenabhängig, vielleicht auch im Milieu als Prostituierte tätig...» Nun schaute ich doch schockiert. Aber Margaretha fuhr fort: «Wir erfuhren nur, dass sie mit bereits starken Wehen von einem Mann ins Spital begleitet wurde, der gleich darauf wieder verschwand. Da die Frau starke Schmerzen hatte, wurde sie sofort *zur Notoperation in den Kreissaal gebracht und dort auf dem schnellsten Weg mit einem Kaiserschnitt von Zwillingen entbunden. Es ging euch nach der Geburt nicht besonders gut. Ihr musstet gleich versorgt werden. Aber ihr habt euch erstaunlich schnell und gut erholt. Als wir zwei Monate später telefonisch wegen der möglichen Adoption angefragt wurden, waren wir hoch erfreut.» Margaretha machte wieder eine kurze Pause. Das Gespräch schien sie anzustrengen – wie mich auch. Offenbar fühlte sie sich durch meine fragenden Augen angespornt, weiter zu sprechen: «Als wir dich abgeholt haben, erfuhren wir zufälligerweise von einer Zwillingsschwester, die aber schon nicht mehr im Spital war. Eine andere Familie hatte sie zu sich genommen. Mehr wollte man uns darüber nicht verraten.»*

Aus den Unterlagen hatte ich bereits erfahren, dass ich eine Zwillingsschwester hatte, und das fühlte sich gut an. Nun wollte ich jedoch noch mehr von Margaretha über meine Wurzeln hören. «Was ist mit meiner leiblichen Mutter? Was weisst du von ihr?» Margarethas Blick verdüsterte sich: «Leider nicht sehr viel. Die Operation musste notfallmässig durchgeführt werden. Die Zeit hat nicht gereicht, um ihre Personalien bei der Anmeldung aufzunehmen. Dann ist sie in der Nacht nach der Geburt einfach verschwunden.» Ich starrte sie mit grossen Augen an. «Ja, trotz des Kaiserschnitts und der wahr-

scheinlich grossen Schmerzen lief sie einfach davon. Sie hat es geschafft, in der Nacht das Spital unbemerkt zu verlassen.» Ich war enttäuscht; ich hatte erwartet, von Margaretha über die Identität meiner leiblichen Mutter und meiner Schwester wichtige Details zu erfahren. Nun stellte sich heraus, dass es sich hier lediglich um einen frommen Wunsch handelte. Wahrscheinlich würde ich weder ihr noch meiner Zwillingsschwester jemals begegnen. Wenn meine Mutter wirklich drogenabhängig war, bestand sogar die Gefahr, dass sie nicht mehr lebte. Ich fühlte mich sehr deprimiert. Da bekam man eine neue Familie, um sie gleich danach wieder zu verlieren. Ich empfand meine Situation als ausweglos. Natürlich war ich dankbar, von der Adoption gehört zu haben. Es brachte Licht in mein Leben. Aber nun wurde mir schmerzhaft klar, dass meine Vorstellung und die Realität nie in Einklang miteinander stehen würden. Ich wollte meine Wurzeln kennenlernen, aber es schien fast unmöglich.

Obwohl ich vermutete, dass Margaretha wahrscheinlich nichts über meine Zwillingsschwester wusste, fragte ich trotzdem nach. Die Antwort war ernüchternd: «Leider kann ich dir da auch nicht weiterhelfen. Es gibt eine Zwillingsschwester. Das ist gewiss. Wir haben aber auch nicht nachgefragt, denn du warst allein im Spital, als wir dich zu uns geholt haben. Es war ein Freudentag,

aber danach ging es nur noch abwärts mit uns! Leider...»
Margaretha atmete tief durch und schloss für einen Mo-
ment die Augen. Dann fuhr sie fort: «Deine Schwester
wurde ein paar Tage früher ihren Adoptiveltern über-
geben.» Eine Frage brannte mir auf der Zunge: «Hättet
ihr beide Mädchen adoptiert, wenn ihr gekonnt hättet?»
Margaretha wartete mit der Antwort ab. «Weisst du, es
ist eine grosse Umstellung, plötzlich Eltern zu sein. Wir
konnten uns nur wenig darauf vorbereiten. Uns fehlte ja
die Zeit der Schwangerschaft. Von einem Moment auf
den anderen waren wir für ein kleines Wesen verant-
wortlich ...» Sie stockte und mir drängte sich schmerz-
haft auf, dass ihre Worte nicht sehr verantwortlich klan-
gen. Aber es war so, wie es war. «Vielleicht ist es den
anderen Eltern ebenso ergangen. Vielleicht haben sie
sich nicht vorstellen können, plötzlich für zwei kleine
Kinder zu sorgen.»

Natürlich konnte ich diesen Gedanken nachvollzie-
hen. Aber trotzdem war er schwer zu verarbeiten. Was
wäre aus mir geworden, wenn ich mit meiner Zwillings-
schwester bei einer liebevollen Familie hätte aufwachsen
können? Wo wäre ich heute? Hätte ich selbst eine eigene
Familie, einen guten Beruf, geordnete Verhältnisse, ein
zufriedenes Leben? Die Vorstellung, dass mein Los auch
bei einer anderen Familie hätte schwierig sein können,
kam mir nicht. Ich war ziemlich überzeugt davon, dass

es woanders nur hätte besser sein können. Aber wollte ich Margaretha missen, jetzt, da wir uns nach dem Tod von Paul einander zu nähern begannen? Jetzt, da Margaretha Anfänge von Gefühlen zulassen konnte, die auch mir guttaten? Ich konnte die Situation nicht mehr ändern, ich musste sie annehmen, so wie sie war.

Noch am gleichen Abend entschied ich mich, das Spital aufzusuchen, wo wir geboren wurden. Vielleicht existierten noch Unterlagen, aus denen ersichtlich war, welche Familie meine Schwester aufgenommen hatte. Dass ich die Identität meiner Mutter nicht mehr herausfinden konnte, wurde mir natürlich schmerzhaft bewusst. Aber die Schwester wollte ich aufstöbern, um damit vielleicht meine Seelenruhe zu finden.

19

Nie hätte ich gedacht, dass die psychische Verfassung eines Menschen dermassen durcheinandergeschüttelt werden konnte, dass danach die Organe ihren Dienst aufgeben könnten. So fühlte ich mich. Es schien mir, als ob mir jemand die Luft abschneiden würde, als ob mir jemand meine Organe aus dem Leib reissen würde, als ob eine Nadel durch mein Herz gebohrt würde. Mein Kreislauf brach zusammen. Warum nur hatte ich nicht früher diese Anzeichen wahrgenommen? Was war mit André, warum hatte er die gefährlichen Veränderungen nicht sehen können?

Die Schreckensnachricht: Unser Sohn Eric war in ein Koma gefallen. Ich erfuhr es während einer Sitzung. Sofort packte ich meine Sachen, um ins Spital zu fahren. Heintzelmann lief mir hinterher und bestand darauf, mich zu chauffieren. Wie Recht er hatte! Wie leicht hätte ich ansonsten unterwegs einen Unfall verursachen können! Ich konnte nicht mehr richtig denken. Wirre Gedanken und Bilder kreisten in meinem Kopf. Noch vor ein paar Tagen fühlte ich eine grosse Aufbruchstimmung in mir, die mich beschwingte, mir Kraft und Energie verlieh. Und nun kostete es mich all meine Kraft, nicht zusammenzubrechen. Mein Herz raste. Meine Schläfen pochten, mein Atem verflachte sich zusehends.

Nicht zu wissen, was passiert war und wie es aktuell um Eric stand, brachte mich fast um den Verstand. André hatte mich nur kurz angerufen und dabei undeutlich in das Telefon hineingestammelt. Zunächst dachte ich sogar an einen kleinen Scherz meines Ex-Mannes, bis ich dann realisierte, dass es sich leider um die harte Wirklichkeit handelte: Eric war zusammengebrochen und lag im Koma!

Auf dem Weg ins Spital betete ich leise. Ich bat Gott und alle Welt, mir meinen Sohn nicht zu nehmen. Er war noch so jung! Ich hatte schon meine Eltern verloren, ihn wollte ich nicht auch noch hergeben müssen. Ich verdammte mich dafür, dass ich nicht so liebevoll gewesen war, wie es sich ein pubertierender Sohn wünschen konnte. Aber ich wollte alles gut machen, wenn er nur wieder gesund werden würde.

Heintzelmann spürte meine inneren Kämpfe. Obwohl er durch den dichten Verkehr steuern musste, was aufgrund des Tempos seine ganze Konzentration in Anspruch nahm, hielt er meine Hand fest gedrückt. Ich war ihm so dankbar; gleichzeitig presste aber eine riesengrosse Angst meine Brust zusammen und lähmte mich fast. Mir liefen Tränen die Wangen hinunter. Ich wollte und konnte nicht glauben, dass es für Eric vielleicht kein Aufwachen mehr geben könnte. Dabei wusste ich nicht einmal, was passiert war. Von André konnte ich am Telefon nicht viel erfahren. Aber seine Stimme vermittelte mir, dass es ziemlich schlimm sein musste.

Heintzelmann bot mir vor der Klinik an, mich zu begleiten, aber das lehnte ich dankend ab. Meine Angst lähmte mich. Gleichzeitig war ich extrem angespannt und wach, hyperaktiv, in meinem Kopf schwirrten unaufhörlich Gedanken und Bilder herum. Auf keinen Fall wollte ich meinem Ex-Mann mit einem Begleiter entgegentreten, dessen Status nicht einmal für mich geklärt war. Ich wollte nur für meinen Sohn da sein! Nur für Eric!

André umarmte mich zitternd und mit einem gehetzten Ausdruck im Gesicht. So hatte ich ihn noch nie erlebt. Mit wenigen Worten klärte er mich auf: Eric hatte in der Schule einen heftigen Kreislaufkollaps erlitten. Nun lag er im Koma. Sein Gesundheitszustand war besorgniserregend. Die Ärzte versuchten ihn zu stabilisieren, wollten aber gleichzeitig auch die medizinische Ursache herausfinden. André und ich konnten einfach nur warten, unerträglich! Nichts tun zu können, war zermürbend, brachte mich fast um den Verstand.

Nach langen, bangen Stunden des Wartens erschien der leitende Arzt. Offenbar lag bei unserem Sohn eine seltene Krankheit vor, die sein Immunsystem innerhalb kürzester Zeit stark angegriffen hatte. Er brauchte dringend eine Knochenmarktransplantation. André und ich wurden gebeten, uns sogleich als Spender testen zu lassen. Wir waren beide davon überzeugt, dass wir unserem Sohn helfen könnten. Doch ein Teilresultat erhielten wir bereits am anderen Tag: André taugte sehr wahrscheinlich nicht als Spender! Aber es bedurfte noch zusätzlicher Tests. Sofern sich die ersten Anzeichen bewahrheiten sollten, würden alle Hoffnungen auf mir ruhen! Ein weiterer geeigneter Personenkreis kam nicht in Frage. Meine Eltern lebten nicht mehr; Geschwister hatte ich keine. André war ebenfalls ein Einzelkind; seine Eltern waren vor vielen Jahren kurz nacheinander verstorben. Für mich brach eine Welt zusammen bei dem Gedanken, dass auch ich als Spenderin nicht infrage kommen könnte. Alles hätte ich getan, um meinen Sohn zu retten, alles hätte ich für ihn aufgegeben. Das wurde mir nun bewusst. Ich erlitt einen Nervenzusammenbruch und musste hospitalisiert werden! Dabei brachte es mich fast um, dass ich nicht stärker und präsenter sein konnte – jetzt, da mich mein Sohn brauchte.

Zitternd sass ich der Direktorin des Spitals gegenüber. Nachdem ich ihr mein Anliegen unterbreitet und sie meine Personalien überprüft hatte, war sie gewillt, mir Akteneinsicht zu gestatten. Aber es würde eine Weile dauern, bis die entsprechenden Unterlagen aus dem grossen Archiv zusammengetragen wären. Gleichzeitig wies mich die Frau mit dem gütigen Blick und der sanften Stimme darauf hin, dass möglicherweise kein Dossier mehr vorhanden sei, da zu jener Zeit noch nicht so vollständig dokumentiert wurde wie heute. So verliess ich zwiegespalten ihr Büro: einerseits erwartungsvoll und voller Vorfreude, andererseits angsterfüllt. Was würde geschehen, wenn tatsächlich keine Unterlagen mehr existierten? Dann musste ich meinen Plan endgültig aufgeben, meine Zwillingsschwester jemals zu finden. Daran hatte ich bis jetzt nicht gedacht. Ich war überzeugt davon, bei der Suche erfolgreich zu sein. Doch dieses Glück schien nun bedroht.

Geduld war noch nie meine Stärke gewesen. Die nächsten Tage waren für mich sehr belastend. Etliche Gedanken und Bilder schwirrten in meinem Kopf herum. Ich spürte, dass sich in meinem Leben etwas positiv zu verändern begann, gleichzeitig war ich dabei jedoch auf die Unterstützung und Hilfe von anderen Menschen angewiesen. Das behagte mir irgendwie nicht! Ohne die

Adoptionsunterlagen meiner Schwester war es unmöglich, sie jemals zu finden.

Als mich die Spitalsekretärin um ein weiteres Treffen bat, bei dem sie mir ein Suchergebnis in Aussicht stellte, war ich sehr aufgewühlt. Gleich am nächsten Tag fuhr ich in die Klinik, wo mich die Direktorin wiederum persönlich empfing. Sie überreichte mir eine Kopie der Adoptionspapiere meiner Schwester. Dabei bat sie mich eindringlich, bei einem möglichen Treffen einfühlsam vorzugehen. Zwar vertrat sie die Ansicht, dass jeder Mensch ein Recht auf seine Wurzeln hatte, aber wir wussten beide nicht, ob meine Schwester überhaupt Kenntnis davon besass, dass sie adoptiert wurde. Es galt behutsam vorzugehen. Ich versprach der Direktorin Mässigung und nahm die Kopie mit klopfendem Herzen entgegen. Erst jetzt wagte ich einen kurzen Blick auf die Kopie und ich erschrak zutiefst: Der Name, den ich da so beiläufig aufschnappte, war mir bekannt – mehr als es mir in der Vergangenheit lieb war. Die Direktorin bemerkte meine Überraschung und sah mich besorgt an. Doch ich winkte ab: «Nur die Aufregung. Das kommt schon wieder. Und ich werde vorsichtig vorgehen ...» Dann bedankte ich mich und verabschiedete mich. Vor dem Spital lehnte ich mich gegen die Fassade und atmete mehrmals tief durch.

21

Ich lag in der gleichen Klinik wie mein Sohn in einem Spitalbett und konnte es einfach nicht glauben: Soeben hatte ich erfahren, dass André als Spender tatsächlich ungeeignet war. Nun lagen alle Hoffnungen und auch die gesamte Last der Verantwortung auf mir! Panik beschlich mich: Was, wenn mein Knochenmark auch nichts taugte? Ich durfte solche Gedanken nicht zulassen, aber sie waren da und nahmen von mir Besitz. Ich war sehr niedergeschlagen über meinen Schwächeanfall. Wäre er nicht geschehen, hätten die Ärzte schon schneller das Resultat meiner Spendertauglichkeit in den Händen. Nun musste in aller Eile nachgeholt werden, was fehlte.

Grundsätzlich war ich nie ein ängstlicher Mensch, aber nun spürte ich das Blut in meinen Adern pochen. Am nächsten Tag sollten wir das Ergebnis erhalten.

Ich schlief schlecht. Ich träumte von meinen verstorbenen Eltern, von der Schule auf dem Land und von Beatrice. Sie nahm meinen Sohn liebevoll in den Arm, was ihn nicht zu stören schien. Im Gegenteil, er lächelte sie an. Noch im Traum ärgerte ich mich darüber: Warum nur fand Eric zu fremden Menschen einen besseren Kontakt als zu mir? Und warum hatte er sich gerade Beatrice ausgesucht? Zwar wollte ich mich mit ihr versöhnen – war bereits auf dem Weg dazu, aber deshalb musste ich doch nicht gleich von Sympathie zwischen ihr und meinem Sohn träumen, der im Moment nichts anderes als einen valablen Knochenmarkspender brauchte.

Als ich erwachte, war ich noch stark benommen von meinem Traum. Es fiel mir schwer, in die Wirklichkeit zurückzufinden.

Dann wurde mir plötzlich wieder schmerzhaft bewusst: Mein Sohn lag ein paar Zimmer von meinem entfernt (wahrscheinlich hatte André die ganze Nacht bei ihm verbracht!) und benötigte dringend gesundes Knochenmark! Bald müsste feststehen, ob ich als Spenderin taugte! Im Moment wünschte ich mir nichts sehnlicher, als «grünes Licht» vom leitenden Arzt zu bekommen. Ich schwor mir, mein Leben dann tatsächlich komplett zu verändern: Zukünftig wollte ich im Sozialdienst arbeiten und Menschen in meiner Umgebung unterstützen – wenn nur mein Sohn wieder gesund wurde.

Die Antwort, auf die ich mit Bangen und Hoffen gewartet hatte, kam ein paar Stunden später: Mein Knochenmark war untauglich! Es war ein heftiger Faustschlag ins Gesicht. Mein Atem stockte. Mein Herz presste sich zusammen. Musste ich ersticken? Ich wusste nicht, wie mir geschah. Ohne weiteres Bewusstsein dämmerte ich davon.

Hatten mir die Ärzte etwas verabreicht?

Als ich erwachte, sass Beatrice an meinem Bett. Obwohl ich mich ihr gegenüber in den letzten Wochen zu öffnen begonnen hatte, wurde es mir zu viel: Was tat sie hier? Und warum lächelte sie mich so komisch an? Was war mit Eric? «Mach dir keine Sorgen», flötete sie mit leiser Stimme. «Es ist ein geeigneter Spender gefunden worden!» Wovon sprach sie? Warum wusste sie von Eric und seiner Krankheit? Warum war sie hier? «Schlaf jetzt einfach. Morgen sieht die Welt wieder besser aus.» Kaum hatte sie es ausgesprochen, fiel ich tatsächlich erneut in einen tiefen Schlummer. Dabei wollte ich doch wach bleiben und meinem Sohn beistehen. Was war hier los?

22

Es musste schnell gehen; die Ärzte machten mich schon für die Operation bereit. Spürte ich Ängste in mir? Nicht wirklich, stattdessen grosse Euphorie und Dankbarkeit! Ich hatte gefunden, was ich gesucht hatte und konnte nun meinen Familienangehörigen beistehen. Ich war glücklich. Mein Leben bekam einen Sinn und fühlte sich grossartig an. Natürlich waren die Qualen, Demütigungen und Verletzungen der Kindheit noch da, jedoch nahm mein Leben eine eigenartig schöne Wendung. Ich wurde gebraucht! Was gab es Schöneres! Von mir hing ein anderes Leben ab – ein Leben, mit dem ich durch Blutbande verbunden war. Ich hätte jauchzen können. Gleichzeitig mahnte ich mich auch zur Vorsicht. Was würde passieren, wenn Eric meine Markspende nicht gut aufnehmen würde? Ich durfte nicht daran denken. Es musste einfach gut gehen!

André hatte mich vor dem Eingriff besucht. Es war eigenartig, seine Gegenwart zu spüren. Er hatte sich nicht besonders verändert. Er war immer noch ein attraktiver Mann. Und doch spürte ich eine Aura der Traurigkeit um ihn. Vielleicht sogar Angst? Er war nicht mehr so selbstsicher wie früher, schien irgendwie gebrochen, was angesichts der prekären Lage seines Sohnes mehr als verständlich war. Oder steckte noch mehr dahinter?

Als André meine Hand nahm und mir mit leisen Worten dankte, wurde mir schwindlig. Ich konnte ihm nicht antworten, starrte ihn nur an. Was wohl in seinen Gedanken vor sich ging? Wusste er, dass er früher mein Traummann gewesen war? Es war schon eigenartig, ihm auf diese Weise wieder zu begegnen. So vieles wollte ich ihm mitteilen, aber ich schwieg, sah ihn nur an und war in diesem Moment mit meinem Leben zufrieden, obwohl ich wusste, dass es hier nicht um ihn oder mich ging.

Als ich allein war, liess ich mein Leben Revue passieren. Ich hatte den Eindruck, alles würde nun gut werden. Vielleicht hatte mein Leben diese Irrungen gebraucht, um dort anzukommen, wo ich jetzt war. Wenn ich nun nicht mehr aufwachen würde, dann wüsste ich, dass ich mich an einem guten Punkt meines Lebens verabschiedet hätte. Ich schalt mich selbst. Solche Gedanken durfte ich jetzt vor dem Eingriff nicht zulassen. Es galt ein Leben zu retten und dabei selbst gesund zu bleiben. In dieser Situation fühlte ich mich meiner Schwester, meinem Schwager (oder besser: Ex-Schwager) und meinem Neffen so nah, als hätten wir schon immer zusammengelebt. Ich kostete dieses intensive Gefühl glücklich aus. Es schien mir, als müsste ich in einem kurzen Moment all die verlorenen Jahre nachholen. Welche Freude, welcher Spass, welche Genugtuung!

Natürlich wurde mir auch mulmig zumute, als der Termin des Eingriffs näher rückte. Gedanken an mein «verpfuschtes Leben» tauchten auf. Hatte ich noch vor einer kurzen Weile vor allem positive Eindrücke und Bilder in mir wahrgenommen, so fühlte ich mich der Situation plötzlich nicht mehr gewachsen. Dafür schämte ich mich. Hatte ich gegenüber André noch Zuversicht und Vertrauen ausgestrahlt, so fühlte ich mich nun wie ein Häufchen Elend, das sich verkriechen und verstecken wollte. Ich hatte starke Gewissensbisse. Dazwischen ermahnte ich mich, nicht allzu streng mit mir zu sein. Aber die Emotionen nahmen einfach von mir Besitz. Ich sah mich als kleines Kind, verletzt, betrogen, enttäuscht, einsam. Am liebsten hätte ich einfach geweint, mich gehen lassen, keine Gedanken an das Vorher oder Nachher verloren. Aber das ging nicht. Ich musste stark sein.

Meine Mutter, Margaretha (nach wie vor schwankte ich zwischen den beiden Bezeichnungen!), wusste nichts von diesem Eingriff. Ebenso wenig wusste sie, dass ich meine Zwillingsschwester gefunden hatte. Wie sich das anfühlte! Gut, sehr gut, fantastisch; aber es war auch beängstigend. Und die Tatsache, dass ich durch meine Schwester auch viel Leid erfahren hatte, ohne dass wir voneinander wussten, machte die Situation sehr spe-

ziell. *Ich schalt mich! Wie konnte ich diesen alten Geschichten nachhängen!? Und doch waren auch sie noch in mir präsent, nun, da ich zur Lebensretterin von Eric werden sollte!*

Eine Stimme in mir befahl sachte, dass ich meine «dunkle» Seite ausleben müsse; etwas anderes in mir mahnte mich zu Vorsicht und Geduld. Ich spürte, dass alles ein gutes Ende nehmen würde und ich später dankbar für diese Entwicklung wäre. Doch in diesem Moment war mir einfach alles zu viel. Am liebsten hätte ich die ganze Aktion abgeblasen; aber das ging natürlich nicht. Ich hoffte einfach, dass meine düsteren Gedanken lediglich der bevorstehenden Operation zuzuschreiben wären. Dass ich den Mut verlor, war zwar schlimm, aber angesichts der erlebten Biografie und der ereignisvollen Dramatik durchaus nachvollziehbar. Also konnte ich ruhig ein wenig verständnisvoller mit mir sein.

23

Ich schlief tief und fest und erlebte wirre Träume. Als Vogel schwebte ich am hohen Himmel, begleitet von einer grossen Familie gleichgesinnter Flugtiere, die mich beschützend in die Mitte nahmen. Es fühlte sich wunderbar an. Ich wurde vom Wind fortgetragen, im Schutze meiner Gesellen. Die unendliche Weite beflügelte mich; ich spürte die Fluggeschwindigkeit, die Vogelperspektive auf die Erde, auf mein gemeinsames Haus mit André, auf das ich nun nicht mehr zusteuerte. Der ganze Vogelschwarm umkreiste zwar mit mir das Haus, doch dann flogen wir weiter. Ich spürte weder Ärger, Angst, noch Unmut. Alles fühlte sich gut und stimmig an. Wohin die Reise ging, wusste ich nicht. Aber ich war frei und konnte mich leicht und geschmeidig bewegen. Meine Gedanken hüpften freudig umher; sie schienen an Elastizität gewonnen zu haben. Obwohl ich auch die Komplexität des Lebens – meines Alltags – spürte, fühlte sich alles sehr leicht und einfach an. Es war ein erfüllendes, berauschendes Erlebnis, in dem ich ständig verharren mochte. Ich war glücklich, fühlte mich frei und genoss mein Dasein. Doch dann riss mich etwas aus dieser Wonne heraus. Zunächst wehrte ich mich erfolgreich dagegen. Aber meine Artgenossen entfernten sich von mir. Ich versuchte, ihnen zu folgen. Meine Flügel waren jedoch zu schwach, konnten mit ihrem Tempo nicht mithalten. Ich verlor sie aus den Augen, wollte ihnen nachschreien, sie zum Verharren zwingen. Doch sie hörten mich nicht. Die Kraft verliess mich. Ich drohte abzustürzen. Noch selten hatte ich mich so verzweifelt und einsam gefühlt. Ich begann heftig zu wimmern, meine Arme schlugen aus. In diesem Moment spürte ich einen Widerstand auf meinen Körper. Offenbar hielt mich jemand fest. Erst nach und nach erlangte ich mein Bewusstsein zurück. Eine beruhigende Stimme sprach auf mich ein. Als ich endlich die Augen öffnete, war ich sehr verwirrt. Ich brauchte einen Moment, bis ich realisierte, dass ich mich in der Klinik befand. Wo waren meine Gefährten? Tränen strömten mir aus den Augen. Plötzlich war mir wieder klar: Ich lag im Spital, hatte einen Nervenzusammenbruch, und nicht weit von mir lag mein hilfsbedürftiger Sohn. War heute nicht jemand da, der mir versprochen hatte, dass alles gut werden würde? Meine Gedanken und Gefühle spielten verrückt. Hatte ich halluziniert? Ich konnte nicht mehr zwischen der Realität und meinen gedanklichen Bildern unterscheiden.

Als ich aufwachte, erblickte ich Andrés strahlende Augen. Er streichelte mich sanft und flüsterte mir zu, dass mit Eric alles in Ordnung sei. Mein Herz wollte

Luftsprünge machen, aber ich hatte keine Kraft dazu. Meinem kleinen Jungen ging es wieder gut. Ich wusste nicht, welchem glücklichen Umstand ich die Rettung meines Sohnes zu verdanken hatte, aber ich fühlte Andrés beruhigende Worte. Es war alles gut; ich musste mir keine Sorgen mehr machen. Irgendein Schutzengel hatte sich meiner und meines Sohnes erbarmt. Ich fühlte eine unbändige Freude, eine grosse Liebe für den gesamten Kosmos um mich herum. Beruhigt konnte ich wieder einschlafen. Es hatte mich böse erwischt; zum zweiten Mal in meinem Leben war ich heftig zusammengebrochen und konnte mir aus eigener Kraft nicht mehr helfen. Aber das alles war nicht so wichtig; was zählte, war einzig die Tatsache, dass Eric wieder gesund wurde. Mein kleiner Eric, mein kleiner, süsser Junge, der mir mehr als alles andere auf der Welt bedeutete. Im Halbschlaf drängte sich mir diese Erkenntnis auf, und ich schalt mich, dass ich in der Vergangenheit nicht mehr Zeit und Aufmerksamkeit für meinen Sohn aufbringen konnte. Doch das sollte sich nun ändern. Ich gelobte mir Besserung. Ich wollte neu beginnen; mich von meinem alten Leben verabschieden und ein wirkungsvolleres Dasein anstreben. Das war ich der guten Seele um mich herum schuldig, die mir meinen Sohn erhalten hatte. Um wen handelte es sich denn? Wenn nur nicht alles so verworren wäre! Irgendwie war da ein wertvoller Mensch, der mein Leben wieder ins Lot gebracht hatte! Wenn nur mein Denken nicht so konfus wäre, dann könnte ich der Sache nachgehen, könnte mich der Person gegenüber erkenntlich zeigen. Aber nun war alles so schwierig. Wer war denn dieser Mensch?

Und warum war sein Spendermark überhaupt geeignet? Egal. Noch bevor ich den trüben Gedanken weitergesponnen hatte, schlief ich erneut ein.

24

Wir lagen uns in den Armen und weinten. Nach dem Eingriff hatte ich mich gut erholt. Auch Eric war über den Berg, das jedenfalls hatte mir André freudestrahlend erzählt, indem er meine Hand zärtlich hielt und streichelte. Er war sehr bewegt, und das rührte mich ungemein. Der Mann, den ich früher verehrt und bewundert hatte, sass neben meinem Bett und hielt mich. Ich spürte seine Wärme, seinen rhythmischen Lebensfluss auf meiner Haut. Es fühlte sich unwahrscheinlich gut an.

Beim Abschied küsste er mich auf die Stirn. Ich war völlig hingerissen, musste mir jedoch eingestehen, dass es ein Ausdruck seiner Dankbarkeit war. Ich wollte mir keine falschen Hoffnungen machen, dennoch keimten wieder Gefühle der Zuneigung für André auf. Ich versprach ihm, mit Jasmine zu sprechen.

Wir hielten uns und weinten. Sie war nicht mehr das starke, hochnäsige Mädchen von früher; ich war nicht mehr die unscheinbare Schülerin, die im Geheimen ausgelacht und gemobbt wurde, besonders von Jasmine. Das war nun vorbei und vergessen! Wir waren Geschwister, Zwillinge, die sich gefunden hatten! Warum war es uns nicht früher aufgefallen? Wir hatten doch das gleiche Geburtsdatum? Das war doch eigentlich offensichtlich! Aber in jungen Jahren lehnte ich alles ab, was mit Jasmi-

ne zusammenhing. Ich empfand es als schlechtes Omen, dass sie am gleichen Tag geboren wurde – ein unglückseliger Zufall, der nichts zu bedeuten hatte. Ich verdrängte alles, was mit Jasmine zu tun hatte. Wie hätte ich da merken können, dass wir eigentlich durch familiäre Bande miteinander verbunden waren?

Mein Herz hüpfte, ich weinte vor Freude. Ich fühlte eine nie gekannte Leichtigkeit in mir, ein Einlaufen in einen fremden Hafen, der mir sofort vertraut war und in dem ich mich geborgen fühlte. Mein Leben hatte plötzlich einen Sinn. Ich fühlte mich zugehörig. Die Tatsache, dass ich meine Zwillingsschwester gefunden hatte, flösste mir grosses Vertrauen ein. Konnte ich auf ein verborgenes Potential zugreifen? Irgendetwas in mir begann sich zu verändern ...

Endlich liessen Jasmine und ich einander los. Als ich ihr in die Augen schaute, glaubte ich, mich zu erkennen. Warum war mir unsere Ähnlichkeit früher nicht aufgefallen. «Es tut mir unwahrscheinlich leid, Beatrice!» Mit weinerlicher Stimme stiess sie die Worte aus. Doch ich versuchte sie zu beruhigen. Sie war meine Schwester, es musste ihr nicht leidtun. Alles war vergeben und vergessen. Ich war froh, meine Blutsverwandte gefunden zu haben. «Und ich bin dir unwahrscheinlich dankbar für alles, was du für Eric getan hast.» Darauf konnte ich nichts

erwidern, denn ich war selbst mehr als gerührt. Zudem
betrat ein Herr mit Rosen das Zimmer, den ich vorher
noch nie oder zumindest nicht bewusst wahrgenommen
hatte. War es jemand aus der Firma? Er begrüsste Jasmi-
ne mit einem Küsschen auf die Stirn, und sie strahlte ihn
dabei mit glänzenden Augen an. Es war Zeit, mich zu ver-
abschieden, aber nur für einen kurzen Moment. Ich wür-
de wiederkommen. Vorher jedoch wollte ich noch meinen
Neffen aufsuchen. Mir selbst waren Kinder verwehrt, aber
nun gab es da einen jungen Menschen, der mir wichtig
war und der meinem Leben Bedeutung gab. Zudem wollte
ich André treffen. Die frühere Anziehung war wieder da.
Ich meinte sogar, bei ihm auch etwas wie Sympathie mir
gegenüber gespürt zu haben. Deshalb wollte ich ihm nahe
sein, wenn auch vielleicht nur schweigend. Ich wollte, ich
brauchte seine Nähe. Jasmine war nicht mehr mit ihm zu-
sammen, also musste ich keine Rücksicht auf sie nehmen.
Sie würde es bestimmt verstehen, wenn André und ich uns
anfreunden könnten. Ich fühlte mich rundum zufrieden.
Von mehr wagte ich nicht zu träumen ... Ich hatte mei-
ne Heimat gefunden, konnte nun Wurzeln schlagen und
versuchen, ein prosperierendes Leben zu führen. Die Ent-
behrungen und Demütigungen gehörten endgültig der
Vergangenheit an.

25

Wir hielten uns umschlungen. Ich fühlte mich wie gelähmt. Ich hatte eine Schwester, von der ich bis anhin
nichts gewusst hatte. Eine Schwester, der ich den Mann
weggeschnappt hatte, die mir nun aber das Leben meines Sohnes erneut geschenkt hatte. Ich fühlte mich be-
schämt. Eine grosse Erleichterung bemächtigte sich
meiner, aber gleichzeitig fühlte ich mich zutiefst in der
Schuld meiner Schwester. Alles wollte ich wiedergutma-
chen. Von jetzt an wollte ich meiner Familie, zu der nun
auch meine Schwester gehörte, gebührende Aufmerksamkeit und Zeit schenken. Es war ein Herzenswunsch.
Ich war es auch Beatrice schuldig. Vielleicht konnte ich
in Zukunft alles gutmachen, was ich ihr in der Vergangenheit angetan hatte. Vielleicht konnte ich ihr Unterstützung bieten, wo sie Hilfe benötigte. Und ich selbst?
So viele Gedanken schwirrten mir durch den Kopf. Zunächst einmal musste ich wieder auf die Beine kommen.
Dann wollte ich mich vermehrt um Eric kümmern, der
nun bei seinem Vater wohnte. Dann brauchte ich auch
ein klärendes Gespräch mit André. Vielleicht konnte ich
ihn auch dazu gewinnen, sich ein wenig um meine ‚kleine‘ Schwester zu kümmern (schliesslich wiesen mich die
Unterlagen als Erstgeborene aus!) – nicht ausschliess-
lich aus Dankbarkeit, sondern aus echtem Interesse an

ihrer Person. Ich selbst? Einmal schauen, wohin mich das Leben trieb. Ich wollte keine örtlichen Veränderungen vornehmen, jetzt da ich meine Zwillingsschwester gefunden hatte. Aber beruflich und auch privat wollte ich einiges verändern. Vielleicht mit Heintzelmann? Wer weiss, das Leben hält viele Überraschungen bereit. Manchmal muss jedoch zuerst die Bereitschaft da sein, die Augen zu öffnen und die Möglichkeiten zu sehen. So fühle ich mich jetzt: Auf dem Gipfel der Möglichkeiten vieler schöner, ausserordentlicher Veränderungen. Ich freue mich auf mein neues Leben!